Monika Micklich
Angelika B. Klein

MONA

Eine wahre Geschichte

Autoren:

Monika Micklich wohnt und lebt mit ihrem Ehemann in München.

Angelika B. Klein, lebt in München und schreibt hauptsächlich Romane und Thriller

www.facebook.com/AngelikaB.Klein
instagram: AngelikaB.Klein

Kinder, die man nicht liebt,
werden Erwachsene, die nicht lieben

Zitat: Pearl S. Buck

Die beste Erziehungsmethode für ein Kind ist,
ihm eine gute Mutter zu verschaffen.

Zitat: Christian Morgenstern

Die Aufgabe der Umgebung ist es nicht,
das Kind zu formen, sondern ihm zu erlauben,
sich zu offenbaren.

Zitat: Maria Montessori

Bibliografische Informationen der Deutschen Nationalbibliothek:
Die Deutsche Nationalbibliothek verzeichnet diese Publikationen in der Deutschen Nationalbibliografie, detaillierte bibliografische Daten sind im Internet über http://dnb.dnb.de abrufbar.

© 2016 Angelika B. Klein
Herstellung und Verlag
BoD – Books on Demand, Norderstedt
ISBN: 9-783743-114524

VORWORT

Wir wissen es alle! Wir hören es jeden Tag in den Nachrichten! Kinder, jeden Alters, werden von skrupellosen Erwachsenen missbraucht. Dabei geht es nicht nur um den sexuellen Missbrauch, sondern auch die psychische Erniedrigung und massive Gewalteinwirkungen führen oft zu bleibenden Schäden bei den Kindern.

In diesem Buch geht es um das Schicksal eines Mädchens, welches bereits früh erfahren musste, dass es keineswegs selbstverständlich ist, geliebt zu werden. Von der eigenen Mutter verstoßen wuchs sie bei Pflegeeltern, der Oma und sodann im Kinderheim auf. Der sexuelle Missbrauch, den sie am eigenen Leib erfahren musste, fand aber nicht im Heim statt, wie man jetzt vermuten würde. Wie so oft, befinden sich die grausamsten Täter in den eigenen vier Wänden. Väter, Mütter, Onkels, Tanten, Großeltern.

Wer die Geschichte von Mona gelesen hat, weiß ein Stückchen mehr zu schätzen, wie wertvoll es ist, in einem liebevollen Elternhaus aufzuwachsen und behütet durch die verschiedenen Etappen des Erwachsenwerdens begleitet zu werden.

1

Mein Name ist Mona. Ich wurde an einem kalten Januartag im Jahr 1950 unter dem Namen Monika Micklich im Krankenhaus in Ludwigshafen geboren. Offensichtlich hatte ich es sehr eilig, denn ich kam zwei Monate zu früh zur Welt. Anfangs zeigte meine Mutter wenig Interesse an mir, was sich auch mit der Zeit leider nicht änderte. Erst viel später erfuhr ich, dass sie ihre Schwangerschaft – und somit mein angehendes Leben - beenden wollte. Bereits ein Jahr vor mir trug meine Mutter im Alter von 16 Jahren Zwillinge in sich, welche sie ohne schlechten Gewissens bei einer Engelmacherin wegmachen ließ. Da sich diese Erfahrung – eine alte Frau stieß ihr mehrmals mit einem langen Eisendraht in die Gebärmutter – tief in ihr Gedächtnis brannte, war ihre Angst vor einer erneuten Abtreibung jedoch größer, als die Furcht, sich ihr selbstbestimmtes Leben durch die Geburt eines Kindes zu zerstören. Wie wohl bekannt sein dürfte, war es im Jahr 1950 keineswegs üblich, junge Mädchen durch eine professionelle Ausschabung von ihrer ungewollten Schwangerschaft zu befreien.

So versuchte sie durch bewusst unvernünftige Handlungen, eine Fehlgeburt herbeizuführen. Sie legte sich in die Badewanne, welche viel zu heißes Wasser beinhaltete und kippte zwei Liter Rotwein in sich hinein. In einer bekannten Frauenzeitschrift hatte sie gelesen, eine schwangere Frau solle dies möglichst unterlassen, um keine vorzeitigen Wehen auszulösen. Nachdem diese Aktion erfolglos blieb, fuhr sie eine Woche später als Sozius bei einem Freund auf dem Motorrad mit. Ihrem ungewöhnlichen Wunsch, über mit Schlaglöchern übersäte Feldwege zu preschen, gab der junge Fahrer schließlich nach. Vielleicht sollte ich erwähnen, dass meine Mutter eine außergewöhnlich schöne Frau war. Kein Mann konnte ihr auf Dauer einen Wunsch abschlagen.

Vermutlich fielen ihr noch mehrere Wege ein, die bestehende Schwangerschaft zu gefährden, jedoch hatte keine von ihnen Erfolg. Bereits damals klammerte ich an meinem bevorstehenden Leben.

Nach meiner Geburt kam ich sofort in einen Brutkasten. Auch dort ging mein Überlebenskampf weiter. Innerhalb der zwei Monate, welche ich in der gläsernen Gebärmutter nachreifen sollte, erlitt ich zwei Herzstillstände und musste reanimiert werden. Hätte mein unreifes Gehirn bereits damals geahnt, welches Leiden ihm noch bevorstand, hätte es den Kampf möglicherweise nicht angetreten.

Im März 1950, als die ersten Sonnenstrahlen den Frühling ankündigten, wurde ich aus dem Krankenhaus entlassen. Das erste Zuhause, welches ich bezog, war die kleine Tiefparterre-Wohnung meiner Oma. Sie bestand lediglich aus einem Raum, welcher zugleich als Küche, Wohn- und Schlafzimmer diente. Meine Mutter, die zu dieser Zeit noch bei ihrer Tante Klara wohnte, war der Meinung, sie hätte in Amerika ein besseres Leben, weshalb sie meiner Oma unmissverständlich erklärte, würde diese mich nicht bei sich aufnehmen, gäbe sie mich zur Adoption frei.

„Annemarie! Du kannst doch diesen kleinen Wurm nicht einfach weggeben!", entzürnte sich Oma.

„Das sagst ausgerechnet du! Du hast mich damals doch auch gleich zu Tante Klara abgeschoben!", entgegnete meine Mutter aufgebracht.

„Das war ...", begann Oma sich zu rechtfertigen.

„Mir egal!", wurde die Ältere schroff unterbrochen. „Wenn du die Kleine nicht nehmen willst, dann steckt das Jugendamt sie eben in eine Pflegefamilie. Ich bin noch nicht reif genug für ein Kind! Ich will mein eigenes Leben noch genießen, bevor ich mir einen Klotz ans Bein binde!"

Mit offenem Mund blieb Oma vor ihr stehen. Ihr trauriger Blick wanderte zu dem kleinen Bündel auf dem Bett.

„Ach, Monika! Was soll ich nur mit dir machen?", flüsterte sie besorgt.

Also kümmerte sich meine Oma um mich, so gut sie konnte. Nach einigen Wochen sah sie sich jedoch außer Stande, weiterhin einen schreienden Säugling zu pflegen. Sie fühlte sich schlichtweg überfordert. Schweren Herzens entschloss sie sich dazu, mich fortzugeben.

Sechs Wochen später zog ich um. Meine Pflegeeltern hießen Anna und Rudolf Lubasch und wohnten in Neuhofen. Sie waren liebevoll und sorgsam.

Die nächsten drei Jahre wuchs ich zu einem selbstbewussten, rebellischen Mädchen heran. Meine leicht dunkle Haut und meine krausen schwarzen Haare, bescherten meinen Pflegeeltern des Öfteren fragende Blicke der Dorfbewohner. Einmal sprach ein Nachbar sie sogar unmissverständlich an: „Wo habt ihr denn das Morle her?"

Ab diesem Zeitpunkt war Tante Anna, wie ich meine Pflegemutter nannte, bemüht, meine Haarpracht möglichst kurz zu halten. Im Sommer trug ich meistens Hüte, im Winter Strickmützen, um den abschätzenden Blicken der Nachbarn zu entgehen.

Mein Pflegebruder hieß Richard, war zehn Jahre älter als ich und vergötterte mich. Täglich unternahm er Ausflüge mit mir über die Felder oder durch das Dorf. Allerdings bestehen meine stärksten Erinnerungen an die sommerlichen Nachmittage im Garten. Ein großer grauer Waschzuber stand unter dem Apfelbaum, in welchem ich nach Herzenslust plantschen konnte. Immer dabei war auch der kleine Foxterrier Purzel. Er ließ sich alles von mir gefallen, ohne jemals böse zu reagieren. Einmal lag er in der Küche unter dem Tisch. Ich schlich mich von hinten an ihn heran und griff nach seinem Schwanz. Anschließend zog ich ihn über den glatten Küchenboden bis zur Tür.

„Monilein…!", rief Anna erschrocken. Augenblicklich ließ ich Purzel los, während Anna kopfschüttelnd auf mich zu kam und mir liebevoll über den Kopf strich. Für meine Pflegeeltern hatten Geschrei und Schläge nichts bei der Erziehung zu suchen. Sie war zwar auch nicht antiautoritär, aber doch so wohldosiert, dass ich ohne Angst aufwachsen konnte.

Meine Kindheit hätte so schön und sorgenfrei verlaufen können, hätte nicht meine Mutter plötzlich beschlossen, mich im Alter von drei Jahren von meinen Pflegeeltern wegzuholen. Offensichtlich hat das Jugendamt sich nach deren 21. Geburtstag an sie gewandt und erkundigt, ob sie mich zur Adoption freigeben würde. Plötzlich ermächtigt, frei über mich zu verfügen, entschied sie sich dafür, mich zu sich zu nehmen.

An einem heißen Junitag im Jahr 1953 wurde ich also meiner bisherigen Familie entrissen. Es flossen zahlreiche Tränen, sowohl bei mir und bei Richard als auch bei Onkel Rudolf und Tante Anna. Erst viel später erfuhr ich, dass Anna nach meiner Abreise in Depressionen verfallen ist. Sie musste in psychiatrische Behandlung, weil sie den Entzug ihrer angenommenen Tochter nicht verkraftete. Zwei Jahre später adoptierten sie ein kleines Mädchen, Hannelore, aus einem Waisenhaus.

2

Ich zog zurück nach Ludwigshafen, in eine kleine Zwei-Zimmer-Wohnung, welche meine Mutter zusammen mit ihrem Ehemann Fred Bell bewohnte. Ihren Traum, nach Amerika zu gehen, konnte sie noch nicht verwirklichen. Jedoch kam sie mit ihrer Ehe mit dem amerikanischen Staatsbürger Fred Bell ihrem Ziel einen Schritt näher, ungehindert auswandern zu können. Während dieser Zeit arbeitete meine Mutter als Unterwäschemodel bei der Firma Felina.

Fred war mir bereits bekannt. Er hat mich während des Aufenthalts bei meiner Pflegefamilie Lubasch regelmäßig besucht. Nachdem er nun mit meiner Mutter verheiratet war, stand für mich fest, dass dieser Mann mein Vater sein musste. Er war farbiger Afroamerikaner und stets freundlich und aufmerksam mir gegenüber. Warum meine Mutter mich während meiner ersten drei Jahre kein einziges Mal besucht hat, konnte ich nie in Erfahrung bringen.

Mein kleines Kinderbett stand in der Küche, zwischen Sofa und Vitrine. Das Schlafzimmer wollte meine Mutter selbstverständlich ungestört nutzen können. Noch heute überlege ich, warum sie mich zu sich geholt hatte. War es wirklich ihr eigener Wunsch? Hatte sie Sehnsucht nach mir und wollte mich bei sich haben? Oder war es Freds Idee? Vielleicht vermutete auch er, dass er mein leiblicher Vater war. Obwohl in meiner Geburtsurkunde ein gewisser Werner H. als Vater eingetragen war und jahrelang Unterhalt für mich bezahlt hat, glaubte ich nicht an dessen Beteiligung an meiner Zeugung. Werner war groß und blond mit blauen Augen. Ich dagegen ein leicht dunkelhäutiges Mädchen mit schwarzen krausen Haaren und dunklen Augen. Meine Haarstruktur änderte sich allerdings mit der Zeit. Die Kringel wurden zu Locken und schließlich zu glatten langen Strähnen. Auch meine Hautfarbe blieb nicht so dunkel. Aber als Kind war ich mir sicher, dass mein leiblicher Vater Fred Bell sein musste, auch wenn meine Mutter dies stets abstritt.

Zwei Tage nach meinem Einzug erfuhr ich das erste Mal in meinem Leben körperliche Gewalt.

Es war später Abend, als ich in meinem kleinen Bettchen lag und leise vor mich hinweinte. Ich vermisste Anna, Rudolf, Richard und Purzel. Ich verstand nicht, warum ich bei dieser fremden Frau wohnen musste, wo ich doch eine so liebevolle Familie hatte. Mein Körper zitterte vor Trauer, während ein leises Wimmern meinen Lippen entfuhr. Plötzlich hörte ich im Nebenzimmer Geräusche. Ich war mir nicht sicher, ob ich es bevorzugte, dass die Tür geschlossen blieb, oder Mama, so sollte ich die neue Frau nennen, zu mir kam und mich in den Arm nahm. Die Tür öffnete sich. Mit zusammengezogenen Augenbrauen stand meine Mutter in der Tür und blickte genervt auf mich herab.

„Sei doch endlich still! Dieses Gejammer macht mich fertig!", presste sie ungeduldig hervor.

Mein Herz schmerzte, meine Kehle zog sich zusammen. „Ich will zu Tante Anna!", rief ich mutig aus.

„Du wohnst jetzt bei mir. Ich bin deine Mama!", erklärte sie bestimmt und starrte mich unentschlossen an.

Erneut begann ich zu weinen. Dieses Mal lauter und herzzerreißender als zuvor.

„Sei still!", fauchte sie, woraufhin mein Schluchzen noch lauter wurde. Umso energischer sie mir das Weinen verbot, desto lauter wurde mein Klagen.

„Verdammt!", schrie sie plötzlich. Im nächsten Moment packten mich zwei Hände und rissen mich aus meinem Bett. In Zeitlupe nahm ich wahr, wie ich durch das Zimmer flog und krachend an der gegenüberliegenden Wand aufprallte. Mit einem dumpfen Schlag landete ich auf dem Boden. Mein Rücken sowie mein rechtes Bein schmerzten. Als eine Gestalt auf mich zukam, hob ich instinktiv die Arme schützend vor meinen Kopf. Blinzelnd erkannte ich Fred, der mich behutsam aufhob und zurück ins Bett legte.

„Bist du in Ordnung?", wollte er fürsorglich wissen.

Mein Blick glitt an ihm vorbei zur Türe. Meine Mutter war bereits wieder im Schlafzimmer verschwunden.

Langsam nickte ich. Seine sanften Augen lächelten mich an. Vorsichtig streichelte er mir über meinen Kopf, deckte mich zu und kehrte zurück zu seiner Frau.

Am nächsten Tag brachte Fred mich weg. Ich kam wieder zu meiner Oma, in die kleine Tiefparterre-Wohnung, wo ich mit ihr die nächsten drei Jahre wohnte.

3

Die Wohnung war sehr beengt. Obwohl es für mich als dreijähriges Mädchen nicht von Bedeutung war, wie viele Zimmer eine Wohnung hatte, bemerkte ich doch, dass sich das ganze Leben in einem einzigen Raum abspielte. Hier kochte meine Oma an dem weißen Emailleofen, welcher mit Holz befeuert wurde. Daneben an der Wand, stand ein heller Küchenschrank. In der Mitte des Raumes befand sich ein großer Esstisch für sechs Personen, jedoch standen nur vier Stühle um ihn platziert. An der gegenüberliegenden Wand befand sich ein Bett, in welchem wir gemeinsam schliefen.

Meine Oma war eine sehr kleine Frau, wobei ich wortwörtlich die Größe meine. Sie war nur 1,50 m groß und hatte Schuhgröße 31. Im Alter von zehn Jahren hatte ich sie bereits eingeholt, wozu ich aber später noch komme.

In der Wohnung über uns wohnten zwei Jungs. Rolf und Klaus Flick. Rolf war elf Jahre alt, groß und blond. Ich bewunderte ihn für alles, was er tat. Er war mein persönlicher Held. Klaus war zwei Jahre jünger als sein Bruder und etwas kleiner und von molliger Gestalt. Wenn wir zusammen auf der Straße spielten, lief ich niemals Gefahr, von älteren Kindern geärgert zu werden. Rolf war stets zur Stelle, um mich zu verteidigen. Er kümmerte sich um mich, wie um eine kleine Schwester.

Klaus dagegen war etwas ruppiger. Er akzeptierte zwar, dass ich immer an Rolfs Seite war, hatte aber nicht den ausgeprägten Beschützerinstinkt, den sein großer Bruder besaß. Meistens spielten wir im Hinterhof unseres Hauses. Eingezäunt von halbhohen Ruinen, stand an einer Mauer, übersät mit Wacholderpflanzen, eine große Wanne, welche im Sommer als Plantschbecken diente.

Mein zweiter Beschützer war Wolf. Ein großer Schäferhund, dessen nahe Vorfahren noch Wölfe gewesen sein müssen. Obwohl ich ihn nur um einige Zentimeter überragte, hatte ich zu keiner Zeit Angst vor dem Hund meiner Oma.

Wolf handelte instinktiv und beschützte mich wann immer er es konnte.

Eines Tages saß ich vor dem Haus und spielte mit ein paar Stöcken und Murmeln. Rolf und Klaus waren an diesem Nachmittag mit ihrer Mutter unterwegs, weshalb mein einziger Begleiter Wolf war. Er lag im kühlen Schatten des Gebüsches, einige Meter entfernt von mir. Während ich angestrengt versuchte, die Murmeln in die richtige Bahn zu werfen, standen plötzlich drei großgewachsene Jungs vor mir. Verächtlich grinsten sie auf mich herab.

„Schaut mal, was das Zigeunerkind da hat!", rief der Dunkelhaarige seinen Freunden zu.

Verständnislos blickte ich auf. Mit meinen vier Jahren begriff ich noch nicht, welche Richtung dieses Gespräch ansteuerte.

„Die brauchst du sicher nicht mehr!", ergänzte sein blonder Freund dessen Aussage.

Mit einer schnellen Bewegung bückte er sich und hob die drei bunten Murmeln auf.

„Das sind meine!", entgegnete ich mutig, obwohl das Auftreten und die Größe der Jungs mich einschüchterten.

„Jetzt nicht mehr!", entgegnete der Dritte mit einem frechen Grinsen, wobei er eine breite Zahnlücke entblößte.

Ängstlich blickte ich zu Wolf, der bereits die Ohren gespitzt und seinen Oberkörper aufgerichtet hatte.

„Wolf!", jammerte ich hilflos.

Bevor sie sich von mir abwandten, trat einer der Jungs mit seinem Fuß gegen mein Schienbein, was den Ausschlag für Wolfs Einschreiten gab.

Ruckartig sprang er auf, stand mit einem Satz vor mir und stellte seine Nackenhaare auf. Mit angelegten Ohren und gefletschten Zähnen knurrte er die drei Halbstarken an. Ängstlich blickten sie auf den angriffslustigen Hund, um im nächsten Moment ihrer Furcht nachzugeben. Schlagartig ließen sie die Murmeln fallen, drehten auf dem Absatz um und stürmten davon. Wolfs Blick verfolgte die Fliehenden noch eine Weile, dann setzte er sich neben mich.

„Danke Wolf!", sagte ich liebevoll, legte meine Arme um seinen Hals und vergrub mein Gesicht in seinem Fell.

Einige Monate später teilte mir meine Oma mit, dass sie sich das Futter für Wolf nicht mehr leisten könne und ihn deshalb weggeben müsse. Mir zerbrach das Herz. Ich weinte und bettelte, um sie zu überreden, dass wir ihn behalten könnten. Meine Oma ließ sich jedoch nicht von ihrem Vorhaben abbringen. An einem regnerischen Nachmittag holte ein großer Mann Wolf ab. Ich erkannte in den Augen meines Hundes, dass er wusste, was mit ihm geschah. Jedoch sträubte er sich nicht und hüpfte anstandslos in das Auto seines neuen Besitzers. Mit Tränen in den Augen stand ich am Straßenrand und blickte dem davonbrausenden weißen Wagen nach.

Ab diesem Tag war meine Fröhlichkeit wie weggeblasen. Ich trauerte um Wolf wie ich noch nie zuvor um Jemanden getrauert habe. Glücklicherweise kam ich mit fünf Jahren in den Kindergarten, wo mich so viele neue Eindrücke erwarteten, dass ich lediglich am Abend vor dem Einschlafen noch die Zeit fand, bittere Tränen der Trauer zu vergießen.

Die Kindergartenzeit war schön, jedoch verfolgt mich eine Erinnerung bis heute:

Es gab in meiner Gruppe einen Jungen, der ein Jahr älter als ich war. Er hieß Karl. Er war nicht besonders beliebt, weil er die Mädchen oft ärgerte und sich gerne mit den Jungs prügelte. Dabei reichten schon Kleinigkeiten aus, um ihn zu reizen. Wenn er als Sechsjähriger schon derartige Charakterzüge zeigte, möchte ich nicht wissen, was aus dem Jungen von damals geworden ist.

Eines Tages bemerkte ich, wie Karl heimlich ein belegtes Brot aus einer roten Dose nahm. Ich wusste sicher, dass es nicht seine Box, sondern die von Brunhilde war. Unsicher beobachtete ich ihn dabei, ließ mir jedoch nichts anmerken. Als wir später alle gemeinsam am Tisch saßen und Brunhilde ihre Box öffnete, stieß sie einen entsetzten Schrei aus.

„Was ist los, Brunhilde?", wollte die Erzieherin wissen.

„Mein Brot ist weg! Das hat mir jemand gestohlen!", jammerte sie lautstark.

„Bist du dir sicher? Vielleicht hast du es vorhin schon gegessen?", hakte die Erzieherin behutsam nach.

„Nein! Habe ich nicht! Das weiß ich ganz genau!", versicherte Brunhilde mit Tränen in den Augen.

„Hat jemand von euch versehentlich aus Brunhildes Box ein Brot genommen?", wandte sich die Frau an die Gruppe.

Fast synchron schüttelten die Kinder den Kopf. Mein Blick glitt zu Karl, der sich ein amüsiertes Grinsen verkniff, während er genüsslich in sein eigenes Brot biss.

„Karl war es!", platzte es wütend aus mir heraus.

Schlagartig starrten mich 21 Augenpaare an.

„Bist du dir sicher?", wollte unsere freundliche Erzieherin wissen.

„Ich habe gesehen, wie er das Brot rausgenommen hat", begründete ich meine Anschuldigung.

Karls schuldbewusster Blick ließ keinen der Anwesenden an meiner Aussage zweifeln.

„Wenn das so ist ... Karl du stellst dich für eine Stunde in die Ecke. Jetzt sofort!", befahl die einzige Erwachsene im Raum.

Obwohl dies nicht die erste Sanktion war, die Karl während seiner Kindergartenzeit erhalten hatte, stand er nur widerwillig und zögernd auf. Während er auf die Ecke des Raumes zusteuerte, warf er einen bösen Blick in meine Richtung.

Am Nachmittag im Garten sollte ich für meine unbedachte Äußerung bezahlen.

Während ich mit Brunhilde an einem Baum stand, kam Karl auf uns zu. Breitschultrig baute er sich vor uns auf.

„Weißt du was mit Petzen passiert?", blaffte er mich zornig an.

Ängstlich schüttelte ich den Kopf.

Geräuschvoll zog er den Schleim aus seinem Rachen und sammelte ihn sichtlich in seinem Mund. Da ich dies tatsächlich zum ersten Mal in meinem Leben sah, fiel mir vor Erstaunen die Kinnlade herunter. Ich konnte mir beim besten Willen nicht vorstellen, was er vorhatte.

Im nächsten Moment wusste ich es! Schwungvoll spuckte er den grünen Schleim in mein Gesicht und traf direkt in meinen leicht geöffneten Mund. Schlagartig beugte ich mich vornüber, um die grässliche, fremde Substanz auszuwürgen.

„Mach das nie wieder!", warf er mir noch entgegen, bevor er verschwand.

Ich würgte und spuckte, bis ich glaubte, mir würde mein gesamter Mageninhalt entgegenkommen. Schnell lief Brunhilde in den Gruppenraum und holte meine Trinkflasche. Ich hatte das Gefühl, mein kompletter Mund wäre mit ekligem Schleim benetzt. Wie sollte ich dieses Gefühl jemals wieder loswerden?

Diese einschneidende Erfahrung begleitete mich ab da mein ganzes weiteres Leben. Einen Anderen zu verraten war für mich mit dieser entsetzlichen Erinnerung verbunden. Es kam daher nie wieder vor.

4

Rolf, Klaus und ich spielten in der Baracke gegenüber unseres Hauses, als wir plötzlich ein leises Wimmern von der Straße hörten. Als wir uns umdrehten, sahen wir einen abgemagerten, verfilzten schwarz-braunen Hund, welcher an der Ecke saß und zu uns herüberblickte. Skeptisch betrachtete ich das heruntergekommene Tier. Rolf erkannte ihn jedoch sofort.

„Das ist Wolf!", schrie er aufgeregt und stürmte auf den schwachen Hund zu.

„Wolf?", fragte ich unsicher.

Als er meine Stimme hörte, stand der Hund auf und kam humpelnd auf mich zu.

In diesem Moment war mir klar, dass es mein Wolf war, mein treuer, geliebter Freund, der zu mir zurückgekommen war. Er hatte nach Hause gefunden, er war zurückgekehrt!

„Wolf!", schrie ich und fiel ihm um den Hals. Das kranke Tier schmiegte sich erleichtert an meinen Körper, bevor es vor Schwäche auf den Boden sank.

Rolf und Klaus trugen ihn nach Hause.

„Oma! Wolf ist zurück!", rief ich aufgeregt, während ich in die Wohnung stürmte. Meine Oma wandte sich vom Herd ab, an welchem sie eines ihrer legendären Gerichte kochte und sah mich verwundert an. „Wolf?"

„Ja! Er ist zu uns zurückgekommen! Aber er ist verletzt und ganz ausgehungert!", ergänzte ich meine Ausführungen.

Fürsorglich kümmerte sich meine Oma um den verstoßenen Hund, bis sie schließlich meinen ängstlichen Blick bemerkte.

„Muss er wieder weg?", wollte ich mit zitternder Stimme wissen.

„Nein! Jetzt bleibt er bei uns!", versicherte mir meine Oma und ahnte wohl, dass sie mir mit diesem Satz meinen größten Wunsch erfüllte.

Wir hegten und pflegten den Wolfshund, bis er seine ehemalige Stärke zurückerlangt hatte. Meine Bindung zu Wolf wurde dadurch noch enger, was das folgende Ereignis noch tragischer machte.

Sechs Monate nach der unverhofften Rückkehr, plantschte ich vergnügt im Hinterhof, während Wolf neben mir lag. Ich warf ihm einen Ball zu, dem er gewöhnlich mit großem Eifer nachjagte, aber mein tierischer Freund hatte heute offensichtlich keine Lust zu spielen. Sein Kopf lag auf dem warmen Asphalt, während seine traurigen Augen meine Bewegungen verfolgten.
„Wolf, was ist los?" Dieses Desinteresse war vollkommen ungewöhnlich für ihn.
Langsam richtete Wolf sich auf, schwankte ein Stück auf mich zu und spuckte plötzlich weißen Schaum. Sein Körper zuckte, während seine Vorderbeine deutlich nachgaben. Wieder und wieder krampfte sein Magen und gab weißen, schaumigen Inhalt frei. Fassungslos beobachtete ich ihn, während er langsam in die Wohnung trottete. Ängstlich kletterte ich aus der Wanne und folgte ihm. Als ich in die Küche kam, lag Wolf bereits unter dem großen Esstisch, welcher sich in der Mitte des Raumes befand.

„Wolf!", rief ich besorgt, während ich mich auf den Boden vor ihm warf. „Oma! Was hat Wolf?"

Nachdem die alte Frau einen prüfenden Blick auf das Tier geworfen hatte, versuchte sie mich zu beruhigen: „Vielleicht hat er nur etwas Schlechtes gegessen!"

Ich kroch unter den Tisch und wollte den Hund herausziehen. Da passierte etwas, was bis dahin noch nicht einmal ansatzweise geschehen ist. Wolf schnappte nach mir.

„Wolf! Was tust du da?", rief ich erschrocken aus und zog meine Hand ruckartig zurück.

Ich war ihm nicht böse, ich wusste, trotz meiner jungen Jahre, dass er mir nicht weh tun wollte. So blieb mir nichts Anderes übrig, als mich neben ihn auf den Boden zu setzen und zu warten, bis es ihm wieder besser ging. Ich wollte ihn auf keinen Fall alleine lassen.

Aber es ging ihm nicht besser. Zwei Stunden später schlief Wolf ein und wachte nie wieder auf.

Rolf und Klaus schaufelten für meinen tierischen Freund ein Grab, in welchem wir ihn feierlich beerdigten.

Erst Tage später erfuhren wir, dass die Jungs aus der Nachbarschaft, die mir damals die Murmeln stehlen wollten, Wolf von den Wacholderbeeren zu fressen gegeben hatten. Er war einen qualvollen Vergiftungstod gestorben.

5

Mit sechs Jahren sollte ich eingeschult werden, was die untersuchenden Psychologen jedoch anders sahen. Sie meinten, ich sei noch zu verspielt und stellten mich daher ein Jahr zurück. So blieb mir noch ein Jahr im Kindergarten, mit einem traurigen und einem lachenden Auge. Brunhilde wurde eingeschult, somit hatte ich meine beste Freundin nicht mehr an meiner Seite. Glücklicherweise kam Karl mit sieben Jahren auch endlich zur Schule, so dass ich seine provozierenden Blicke nicht mehr ertragen musste.

Kurze Zeit später zogen wir um. Meine Oma hatte endlich eine andere Wohnung gefunden, da die bisherige nur eine Notunterkunft war, wie sie immer wieder betonte. Unser neues Heim befand sich ebenfalls in Ludwigshafen, jedoch einige Straßen weiter, in der Nähe des großen Hauptplatzes. Im zweiten Stock eines großen

Wohnhauses bezogen wir eine Drei-Zimmer-Wohnung. Es gab eine große Wohnküche, eine Toilette, ein Wohn- sowie ein kleines Schlafzimmer. Aus finanziellen Gründen mussten wir eines der Zimmer untervermieten. So schliefen Oma und ich, weiterhin gemeinsam in einem Bett, in dem größeren Zimmer, welches gleichzeitig als Wohnzimmer diente, während die Untermieter sich das kleine Zimmer teilten. Und genau mit diesen fremden Leuten begann für mich die schlimmste Zeit meiner Kindheit:

Es handelte sich um die Familie N. Da war der Vater Hans N., die Mutter Luise N. und deren Sohn Hans N. junior.

Der kleine Hans war ein Jahr älter als ich, ruhig und zurückhaltend. Die Familie teilte sich zu dritt das 15 qm kleine Zimmer. Anfangs war Onkel Hans nett und freundlich zu mir, was sich jedoch nach einigen Jahren änderte.

Als ich in die Schule kam, kristallisierte sich immer mehr meine rebellische Seite heraus. Ich war frech, vorlaut und ungehorsam. Jedenfalls nannten mich die Erwachsenen zur damaligen

Zeit so. Heute würde man mich als hyperaktiv mit ADHS-Syndrom bezeichnen. Ich würde zu einem Arzt gehen, Tabletten bekommen und eine unauffällige Schullaufbahn absolvieren. Damals jedoch, wurden auffällige Kinder sofort als abnormal eingestuft. Es wurde den Kindern unterstellt, sie würden sich absichtlich so zappelig, vorlaut und unkooperativ verhalten. Das Resultat meiner andauernden Auffälligkeiten war, dass meine Oma nicht mehr mit mir fertig wurde. Bereits im Alter von zehn Jahren nahm ich sie nicht mehr ernst. Zu dieser Zeit schoss ich regelrecht in die Höhe, holte meine Oma schnell ein und hatte auf der Straße das Gefühl, ich müsse sie vor etwaigen Gefahren beschützen, anstatt umgekehrt.

Eines Tages war ich mit meiner Oma im Park unterwegs. Immer öfter vermieden wir es, die Grünanlagen der Stadt zu besuchen, da sich seit dem Gastarbeiterzufluss mehr und mehr aufdringliche Männer dort befanden. Es gab viele Exhibitionisten, die plötzlich vor einem standen, ihren Mantel öffneten und entblößt mit leicht erigiertem Glied die entsetzten Reaktionen der

Frauen und Kinder genossen. Aber auch die vielen Italiener sind mir in Erinnerung geblieben, die meist in Gruppen zusammenstanden, rauchten und den jungen Frauen hinterherriefen: „Tricko, tracko auf Matratzo. Vier fünf Marko, ficki facko."

In diesen Situationen legte ich beschützend meinen Arm um die Schulter meiner Oma und zog sie schnell fort. Ich liebte meine Oma, aber trotzdem zeigte ich ihr zu Hause keinerlei Respekt. So kam es, dass sie immer öfter unseren Untermieter Hans N. beauftragte, mir etwas anzuschaffen, wenn ich ihr gegenüber diesen Dienst verweigerte. Schleichend bekam er immer mehr Macht über mich, sah sich als Erziehungsperson mir gegenüber. Es dauerte nicht lange, da hörte ich, wie seine Frau und sein Sohn von ihm geschlagen wurden. Anfangs nur selten und kurz, später öfter und anhaltender.

In unserer Küche hing neben der Tür eine Peitsche. Wer sie dort angebracht hat, weiß ich nicht, aber sie wurde von Onkel Hans gerne und oft in Gebrauch genommen.

Das erste Mal, als ich diese zwölf Ellen am eigenen Leib spüren musste, war ich zehn Jahre alt. Es sollte nicht das letzte Mal gewesen sein:

Der Schulalltag langweilte mich. Ich schweifte schnell ab, sah aus dem Fenster und hing meinen Träumen nach. Vor mir auf dem Tisch lag meine Schiefertafel und mein Griffel.

„Monika? Bist du schon fertig?", fragte meine Lehrerin. Frau Tauber war mittelgroß, hatte eine Brille und ihre langen, aschblonden Haare zu einem großen Dutt zusammengebunden.

„Äh, nein!", antwortete ich aus meinen Gedanken gerissen.

„Warum nicht?", wollte sie freundlich wissen.

„Ich kann es nicht!"

„Du kannst schon! Du willst nur nicht!", beschuldigte sie mich behutsam.

„Nein! Ich kann es nicht!", antwortete ich ehrlich. Mir fielen die Rechenaufgaben wirklich schwer. Ich verstand die Welt der Zahlen einfach nicht. Frau Tauber hatte ich erst seit dieser Klasse, mochte sie aber sehr gerne. Sie war immer freundlich zu mir und versuchte, mir schwierige Aufgaben so lange zu erklären, bis ich sie verstand. Jedoch beim Rechnen biss selbst sie sich die Zähne an mir aus. Ich verstand es einfach nicht!

„Monika! Ich habe es dir doch schon mehrmals erklärt. Jedes Kind kann rechnen lernen! Wenn du nur aus dem Fenster starrst, werden sich die Aufgaben nicht lösen. Jetzt mach bitte weiter!", erklärte sie mit Nachdruck.

„Aber ...", setzte ich hilflos an.

„Sag nicht wieder, du kannst es nicht! Jeder kann! Du willst nur nicht!", betonte sie mit schroffem Ton.

Mir stiegen Tränen in die Augen. In diesem Moment fühlte ich mich so unverstanden, so beschuldigt und so ungerecht behandelt, dass der dicke Kloß in meinem Hals mir jedes weitere Wort verwehrte. Die Schulglocke erlöste mich vor einer weiteren Auseinandersetzung mit Frau Tauber.

Wütend lief ich nach Hause. In mir brodelte es, ich wollte schreien, verbot es mir aber im selben Moment, da ich wusste, dass Tante Luise ihre Ruhe brauchte. Seit einem Monat war Christa auf der Welt. Hans und Luise freuten sich über ihre kleine Tochter, auch wenn das bedeutete, dass es in dem kleinen Zimmer noch enger für alle wurde.

Wütend stürmte ich ins Wohnzimmer, welches zugleich Schlafzimmer und mein Kinderzimmer war, und warf mich aufs Bett. Die Tränen schossen aus mir heraus und wollten alles Leid in mir hinwegspülen. Einige Minuten später setzte ich mich auf, holte die Tafel und den Griffel aus meiner Schultasche und betrachtete sie entmutigt. Warum unterstellten mir alle, ich würde es nicht wollen? Ich wollte doch! Ich wollte gut in der Schule sein, damit Oma stolz auf mich ist! Aber ich konnte es wirklich nicht!

Mit einem kräftigen Ruck zerbrach ich zuerst die Tafel und anschließend den Griffel und warf beides in die Ecke des Zimmers.

Einen Moment später wurde die Zimmertüre aufgerissen. Onkel Hans stand im Türrahmen und ließ seinen Blick suchend durchs Zimmer wandern. Als er meine zerbrochenen Schulsachen sah, stürmte er auf mich zu.

„Du machst deine Tafel kaputt? Hast du eine Ahnung was eine Neue kostet? Wer soll das bezahlen? Deine Oma?", schrie er mich an. Er packte mich im Genick und zog mich vom Bett hoch. Mit einem kräftigen Ruck drückte er mich an die Wand. Im nächsten Moment ließ er los, verließ das Zimmer, um eine Sekunde später zurückzukehren. In seiner rechten Hand hielt er die schwarze Peitsche.

Mit angstgeweiteten Augen drehte ich mich zur Seite.
„Nein! Bitte nicht Onkel Hans!", rief ich. Obwohl ich selbst dieses Folterinstrument noch nicht persönlich spüren musste, glaubte ich eine Ahnung davon zu haben, welche Schmerzen sie verursachen kann. Ich erinnerte mich nur zu gut an die Schreie seiner Frau sowie seines Sohnes.
Fast im gleichen Augenblick holte er aus und die Ellen sausten mit einem pfeifenden Geräusch auf mich nieder. Der erste Schlag traf meine Schulter. Schreiend versuchte ich zu fliehen, was mir aber nicht gelang. Panisch überlegte ich, wer mir zu Hilfe kommen könnte. Oma war nicht da, Hans junior auch nicht. Aber Tante Luise war mit der kleinen Christa im Zimmer nebenan. Erneut sauste die Peitsche auf mich nieder. Warum half

sie mir nicht? Nachdem der nächste Schlag mich getroffen hatte, hörte er plötzlich auf.

Ohne ein weiteres Wort drehte er sich um und verließ das Zimmer.

Als meine Oma nach Hause kam und die zerbrochene Tafel sah, betrachtete sie mich kopfschüttelnd. Gerade als ich ihr von den Schlägen berichten wollte, betrat Onkel Hans das Zimmer.

„Monika hat ihre Strafe schon bekommen! In Zukunft wird sie besser auf ihre Sachen aufpassen!", erklärte er brummig. Meine Oma nickte bestätigend und ging in die Küche.

In diesem Moment wurde mir bewusst, dass meine Oma akzeptierte, dass Onkel Hans in ihre Erziehung eingriff. Aber wusste sie auch, dass er mich mit der Peitsche geschlagen hat? Nach längerem grübeln kam ich zu der Erkenntnis, dass sie seine Erziehungsmaßnahmen tolerierte. Möglicherweise hatte sie selbst Angst vor unserem brutalen Untermieter.

6

Die nächsten Wochen schlug Onkel Hans immer häufiger zu. Meistens hatte er dabei eine Alkoholfahne, was jedoch keine Entschuldigung für sein Handeln sein soll. Oft reichten Kleinigkeiten aus, damit ihm seine Hand ausrutschte. Die Peitsche holte er nur hervor, wenn ich in seinen Augen die Grenze deutlich überschritten hatte. Da ich nach Onkel Hans' Züchtigungen meistens kleinlaut meinen Fehler zugab (andernfalls hätten die Schläge auch nicht geendet), fing irgendwann auch Oma an, mich für meinen Ungehorsam körperlich zu bestrafen. Allerdings weitaus erträglicher als Onkel Hans. Oma schlug mir mit ihrer flachen Hand ins Gesicht oder prügelte wütend auf meinen Rücken ein, wenn es mir gelang, mich schnell genug abzuwenden. Angesichts ihrer geringen Körpergröße sowie ihren schmächtigen Ärmchen, verursachten diese Attacken jedoch keine großen Schäden bei mir. Meistens belächelte ich ihre

Versuche nur, mich zu bestrafen, jedoch immer darauf bedacht, dass unser Untermieter nichts mitbekam, denn seine Reaktionen auf mein respektloses Verhalten waren oft verheerend.

Im Sportunterricht war ich stets darauf bedacht, mein Hemd nicht vor den anderen Mädchen wechseln zu müssen, da sie andernfalls die rötlichen Striemen auf meinem Rücken gesehen hätten. Wahrscheinlich trugen viele von ihnen selbst Spuren der Gewalt an ihren Körpern, aber zu dieser Zeit wurde öffentlich nicht darüber gesprochen, was zu Hause in den eigenen vier Wänden vonstattenging.

Kurz nach meinem elften Geburtstag nahmen die Übergriffe sodann eine Wendung, welche mein zukünftiges Leben unwiderruflich beeinflusste. Onkel Hans sah in mir mehr als das rebellische Kind, welches er gelegentlich mit Schlägen züchtigen konnte. Er sah in mir eine junge Frau!

Obwohl ich für mein Alter verhältnismäßig groß war, hatte ich kaum weibliche Rundungen.

Meine Hüften waren schmal, meine Beine lang und schlaksig. Meine Brüste waren flach, wobei lediglich die Brustwarzen langsam begannen etwas anzuschwellen. Daher ist es eigentlich falsch, wenn ich behaupte, mein Onkel hätte in mir eine junge Frau gesehen. Ich war körperlich, wie auch seelisch, ein Kind!

Es war ein Sonntagnachmittag wie jeder andere. Wir saßen im Wohnzimmer und jeder ging seiner Beschäftigung nach. Über die Jahre hat es sich eingebürgert, dass unsere Untermieter am Wochenende, wenn Hans nicht zur Arbeit musste und wir Kinder nicht in die Schule, bei uns im Wohnzimmer saßen. Hans junior und ich spielten meistens ein Brettspiel oder lasen ein Buch, während Onkel Hans seine Zeitung las. Oma und Tante Luise dagegen hielten sich die meiste Zeit in der Küche auf. Ich vermutete, dass sie besprachen, was sie kochen wollten, aber wahrscheinlich genossen sie einfach nur die männerfreie Zone, um ungestört schwatzen zu können. Die kleine Christa schlief im Zimmer nebenan.

Plötzlich stand Onkel Hans auf und wandte sich an mich. „Komm Monika, hilf mir mal Holz holen", befahl er deutlich, so dass meinerseits kein Widerspruch kam. Es war auch nicht das erste Mal, dass ich ihm bei dieser Tätigkeit behilflich sein sollte. Mein kindlicher Instinkt für böse Vorahnungen ließ mich in diesem Moment gänzlich im Stich.

Gemeinsam gingen wir in den Speicher des Wohnhauses. Warum sich damals das Holz nicht im Keller, sondern im Speicher befand, kann ich mir heute nicht mehr erklären. Aber es war eindeutig der Speicher, in welchen wir gingen. Ich schaute mich um und erkannte die dicken Dachbalken, die quer über den Raum gespannt waren. Oben angekommen, schloss er die Türe. Noch bevor ich meine Verwunderung äußern konnte, schob er mich an einen der dicken Holzstämme. „Knie dich da hin!", befahl er mit Druck auf meine Schultern.

„Wird das ein Spiel?", fragte ich mit kindlicher Naivität.

„Ja, wir spielen etwas!", antwortete er, wobei ich bemerkte, dass er aufgeregt klang.

Aus einem Korb in der Ecke holte er eine Wäscheleine, legte meine Arme nach hinten um den Balken und band sie fest.

„Was wird das?", wollte ich mit ängstlichem Unterton wissen. Plötzlich regte sich in mir doch Unbehagen. Ich wollte nicht gefesselt und wehrlos ausgeliefert sein.

Nachdem er sich vergewissert hatte, dass das Seil festsaß, stellte er sich vor mich. Ängstlich blickte ich zu ihm auf.

Völlig unerwartet griff er nach seinem Gürtel und öffnete ihn langsam.

Oh nein! Er will mich mit dem Gürtel schlagen!, kam in mir der grausame Verdacht auf.

Was er jedoch dann tat, hätte ich mir in meinen kühnsten Träumen nicht ausdenken können.

Gemächlich öffnete er den Knopf seiner Hose und zog den Reißverschluss nach unten.

Meine Augen weiteten sich. Anfangs erstaunt, dann fassungslos und schlussendlich voller Grauen.

Onkel Hans streifte seine Hose ab und griff nach seinem Penis. Ich musste regelrecht zusehen, wie er wuchs und wuchs. Wie erstarrt kniete ich auf dem Boden, konnte meinen Blick von diesem angsteinflößenden Ding nicht abwenden.

Mit zwei schnellen Schritten stand er ganz dicht vor mir, hob mit einer Hand mein Kinn an und schob mit der anderen Hand sein erigiertes Glied zwischen meine Lippen.

„Du musst nur lutschen, mehr nicht!", befahl er erregt.

Ich schloss meine Augen, unterdrückte die aufkommenden Tränen und ließ es über mich ergehen.

Nachdem er fertig war, zog er sich wieder an, löste die Schnüre und hob mich vom Boden auf.

„Das bleibt unter uns, verstanden? Wenn du irgendjemandem etwas erzählst, dann dreh ich der Oma die Grutz um!", drohte er streng.

Ängstlich blickte ich zur Seite und nickte. Ich glaubte ihm in diesem Moment jedes Wort!

7

Ab diesem Tag nahm mich Onkel Hans fast täglich mit in den Speicher. Ich folgte ihm ohne Widerspruch. Während des sexuellen Missbrauchs wollte ich eigentlich nur sterben. Jedoch war mein innerer Lebenswille doch so groß, dass ich mir nichts antat.

Oft war ich kurz davor, Oma etwas zu erzählen, aber dann ließ ich es doch sein. Ich war mir sicher, sie würde mir nicht glauben. Sie würde zu Onkel Hans halten. Schließlich wusste sie auch, dass er mich schlug und erklärte seine Eskapaden damit, dass ich es nicht anders verdient hätte. Außerdem glaubte ich meinem Peiniger jedes Wort, wenn er drohte, er würde Oma den Hals umdrehen. Wenn ich es jemandem zutraute, dann ihm! Also ließ ich es über mich ergehen. Immer und immer wieder. Nach und nach weitete Onkel Hans seine Übergriffe aus. Er griff mir in meine Bluse und streichelte meine nicht vorhandenen Brüste. Seine Hände glitten auch über meinen Po und über meine Scheide, jedoch versuchte er nie, in mich einzudringen. Welch eine Ironie! Da hatte ich wohl Glück im Unglück!

Während dieser Zeit wurde ich in der Schule immer schlechter. Ich konnte mich im Unterricht nicht mehr konzentrieren. Vor Strafen jeglicher Art hatte ich keine Angst mehr. Was konnte schon schlimmer sein, als das, was mein Onkel mir täglich antat? Als meine Lehrerin mich auf mein Verhalten ansprach, war ich kurz davor, ihr alles zu erzählen.

Nach Schulschluss hielt mich Frau Tauber auf.

„Monika! Was ist denn zurzeit los mit dir?", wollte sie besorgt wissen.

„Nichts!"

„Das sieht mir aber anders aus! Hast du zu Hause Probleme?", hakte sie nach.

„Nein! Keine Probleme!"

„Bist du sicher? Du kannst mir alles erzählen!", bot sie hilfsbereit an.

Für einen Moment blickte ich in ihre blauen Augen. Sie verströmten so viel Wärme, Liebe und Vertrauen. Doch schlagartig schob sich das Bild meiner Oma vor ihr Gesicht. Wie Onkel Hans seine Hände um ihren Hals legte und zudrückte, bis Oma blau anlief.

„Es ist alles in Ordnung! Ich bin nur etwas müde, weil das Baby so viel schreit", wich ich geschickt aus.

„Ach ja, eure Untermieter haben ja seit ein paar Monaten Zuwachs bekommen. Na, ich hoffe, das gibt sich bald wieder!", erklärte sie lächelnd.

„Ja, bestimmt!", antwortete ich und verließ zügig das Klassenzimmer.

Seit dem ersten Besuch im Speicher haben sich bei mir Waschzwänge eingestellt, die ich bis heute noch nicht ganz ablegen konnte. Ich wusch mir minutenlang die Hände und spülte immer wieder meinen Mund aus, wurde jedoch den Geschmack des Missbrauchs nie wirklich los. Schließlich konnte ich nichts mehr essen. Sobald das Essen eine bestimmte Konsistenz im Mund annahm, wurde mir schlecht und ich würgte den Brei heraus. Irgendwann verweigerte ich die

Mahlzeiten komplett. Lediglich in der Schule hatte diese psychische Störung keinen Einfluss auf mich. Dort konnte ich alles essen, was meine Oma mir einpackte. Vielleicht lag es daran, dass wir nur weibliche Lehrerinnen hatten und die Jungs in meiner Klasse eben unreife Jungs waren, keine Männer.

Damals dachte ich oft: Es kann nur noch besser werden!

Doch es kam noch schlimmer:

Es war am Nachmittag des Heiligen Abends 1961. Oma und Luise befanden sich in der Küche und bereiteten Würstchen mit Kartoffelsalat zu, welche es traditionell an jedem Weihnachtsabend gab. Die kleine Christa saß zwischen den beiden Frauen am Tisch, während Hans junior und ich im Wohnzimmer auf dem Boden saßen und mit der aufgebauten Modelleisenbahn spielten. Neben uns stand der große Weihnachtsbaum, geschmückt mit bunten Kugeln und Kerzen. Onkel Hans saß im Sessel und trank Bier. Ich achtete weder darauf, die wievielte Flasche er vernichtete, noch was er tat. Er saß einfach nur still da und beobachtete uns beim Spielen. Auf dem Tisch stand eine Schale mit großen Orangen. Er griff nach einer der großen Früchte und drehte sie bewundernd in seinen Händen.

„Solche Duddeln bekommst du später auch mal!", äußerte er sich mit freudigem Ausdruck in den Augen.

Entsetzt blickte ich auf. WAS? Habe ich richtig gehört?

Als er seinen Satz wiederholte, sah Hans junior mich fragend an. Ich lief rot an und schaute zu Boden.

Plötzlich stand Onkel Hans auf.

„Hans, komm mal her!", rief er seinen Sohn zu sich.

Unsicher, ob er etwas falsch gemacht hatte und jetzt womöglich seine Strafe dafür kassieren müsse, stand der junge Hans auf und schlich zu seinem Vater.

„Zieh die Hose runter!", forderte er ihn auf.

„Was?", fragte der Jüngere verdutzt.

„Zieh deine Hose runter!", wiederholte sein Vater die Forderung.

Mit unsicherem Blick zu mir schob der Angesprochene seine Hose ein Stück nach unten.

„Komm her!", befahl Onkel Hans anschließend mir.

Ich glaubte zu ahnen, was er vorhatte, wollte es mir aber beim besten Willen nicht vorstellen.

„Knie dich hier hin und mach das, was du bei mir auch immer machst!", forderte er mit Nachdruck. Dabei deutete er auf das Geschlechtsteil seines Sohnes.

Mit rotem Kopf stand ich auf und kniete mich vor Hans junior nieder. Sein Blick verriet mir, dass ihm die Situation mindestens genauso unangenehm war, wie mir. Ich traute mich kaum, meinen Onkel anzusehen. Ermutigend lächelte er mich an. Ich wagte es nicht, mich zu weigern. Seine Macht über mich war mittlerweile so groß, dass ich seine Machenschaften kaum mehr hinterfragte.

Hans junior war dreizehn Jahre alt. Ein Alter, in welchem manche Jungs körperlich schon Männer sind, andere noch kleine Kinder. Dieses Alter hält das gesamte Spektrum der Pubertät bereit. Hans junior war noch kein vollständiger Mann. Sein Penis war noch relativ klein, konnte aber selbstverständlich erigieren.

Ich tat, was mir befohlen wurde. Ob Onkel Hans beim Zusehen seine Befriedigung fand, konnte ich nur erahnen.

Der Weihnachtsabend 1961 blieb uns Kindern als der Peinlichste und Entsetzlichste in Erinnerung. Wir konnten uns tagelang nicht in die Augen sehen.

Und doch brachte dieser Abend die Wendung!

8

Unruhig lag ich neben meiner Oma im Bett. Ich lauschte ihrem ruhigen Atem, überlegte krampfhaft, ob ich ihr von den Vorfällen des Abends erzählen sollte. Hin- und hergerissen zwischen der Angst, Onkel Hans könnte Oma etwas antun und der Hoffnung, meine Offenbarung könnte etwas an der derzeitigen Situation ändern, schmiegte ich mich an Omas Schulter. Seit einiger Zeit war sie auf dem rechten Ohr etwas schwerhörig, weshalb ich entweder laut sprechen oder nah an sie heranrücken musste, damit sie meine Worte verstehen konnte.

„Oma?", wagte ich mich vor. Keine Reaktion! Vielleicht schlief sie ja schon und hörte mir gar nicht mehr zu?

„Oma?", versuchte ich es etwas lauter.

„Hm?", vernahm ich ihr leises Brummen.

Jetzt oder nie! Ich nahm all meinen Mut zusammen und flüsterte ihr zu. „Oma, wenn ich dir jetzt etwas sage, verrätst du mich dann nicht?"

„Nein! Was ist denn?"

„Onkel Hans ... der hat heute ...", begann ich zaghaft. Dann wurde ich mutiger und erzählte ihr von den Vorfällen am Weihnachtsnachmittag und den Wochen zuvor auf dem Speicher. Schluchzend sprudelten die Worte nur so aus mir heraus. Es war so befreiend, es endlich jemanden erzählen zu können. Oma hörte nur stumm zu. Als ich meine Beichte beendet hatte, lag sie einen Moment ruhig neben mir und rührte sich nicht. Vielleicht schimpft sie mich jetzt gleich und gibt mir die Schuld dafür, oder sie glaubt mir nicht und verlangt, dass ich aufhöre zu lügen. Hätte ich doch nur nichts gesagt!

Plötzlich sprang Oma auf. So vital und flink habe ich sie noch nie aus dem Bett springen sehen. Innerhalb weniger Sekunden stürmte sie zur Tür, verließ die Wohnung und klingelte bei der Nachbarin. Ich wagte es nicht, unter meiner schützenden Decke hervorzukriechen.

Einige Augenblicke später kam sie zurück ins Zimmer.

„Ich habe die Polizei gerufen. Das hat jetzt ein Ende, Monika", erklärte sie fassungslos. Sie war bei der Nachbarin, um die Polizei zu rufen?

Ich sollte vielleicht erwähnen, dass die Vermieterin, welche gegenüber von uns wohnte, zu dieser Zeit die Einzige im gesamten Haus war, die ein Telefon besaß.

Mir schwirrte der Kopf. Was meinte Oma damit? Wollte sie mich festnehmen lassen, weil sie glaubte, dass ich gelogen habe?

Erst als es an der Tür klingelte und die Polizeibeamten eintrafen, in das Zimmer unseres Untermieters stürmten und ihn verhafteten, ließ der Druck auf meiner Brust nach. Oma hatte mir geglaubt! Das Martyrium hatte endlich ein Ende!

Am nächsten Morgen wurde ich eines Besseren belehrt. Zwei Beamte vom Jugendamt brachten mich in ein Kinderheim in Bad Dürkheim. Mein zuständiger Sachbearbeiter, Herr Ohler, war der Meinung, ich müsse umgehend aus der belastenden Umgebung verbracht werden. Zur Regeneration in ein amerikanisches Kinderheim.

Entgegen meiner Befürchtungen, erlebte ich in den folgenden drei Monaten in Bad Dürkheim die schönste Zeit meines bisherigen jungen Lebens. Zwei Wochen nach Ankunft feierte ich dort meinen zwölften Geburtstag. Die Kinder bastelten mir aus der Rinde der Bäume kleine Schiffchen, während die Erzieherinnen bemüht waren, mir diesen Tag ganz besonders schön zu gestalten. Ich bekam die Anerkennung und Aufmerksamkeit, nach welcher ich mich seit Jahren sehnte.

Obwohl ein Winter mit eisigen Temperaturen und viel Schnee herrschte, waren wir oft draußen. Wir streiften durch die Wälder, rodelten auf einem kleinen Hügel hinunter oder liefen mit den Schlittschuhen auf dem zugefrorenen Weiher. Rückblickend verging diese Zeit viel zu schnell. Am 1. April 1962 wurde ich zurück in die Obhut meiner Oma entlassen.

Diese war mittlerweile erneut umgezogen. In eine kleine Wohnung in Ludwigshafen-Mundenheim. Dort traf ich auch wieder auf meine Kindergartenfreundin – Brunhilde. Sie wohnte auf der anderen Straßenseite, was unsere frühere Freundschaft sofort wiederaufleben ließ.

Wir kamen sogar in dieselbe Klasse und saßen selbstverständlich nebeneinander. Unser Lehrer hieß Herr Ebling. Er war ein strenger Zeitgenosse, der seine alteingesessenen Erziehungsmethoden an den Schülern ausübte.

Von dem letzten Jahr in der vorherigen Schule blieb nicht viel von dem Erlernten bei mir hängen. Wenn ich meine Oma bat, mir bei den Hausaufgaben zu helfen, reagierte sie meistens sehr ungeduldig. Sie riss mir die Tafel aus der Hand und übernahm die Erledigung meiner Aufgaben. Das sollte sich nunmehr rächen. Ich hatte erhebliche Probleme, dem Schulstoff zu folgen. Mit Brunhildes Hilfe schaffte ich es jedoch, nicht sitzen zu bleiben.

Herr Ebling wusste, wie er seine Schüler disziplinierte. Dabei waren Schläge mit dem Stock auf die Handflächen nur das kleinste Übel, welches er uns zuteilwerden ließ. Wenn eines der Mädchen ungehorsam war, musste es nach vorne treten und sich über das Pult lehnen. Herr Ebling zog dann deren Rock hoch und schlug mit seinem Stock mehrmals auf den Po des Mädchens, bis seiner Meinung nach die Strafe vollzogen war.

Schlimmer war es jedoch, wenn ein Junge gegen die Regeln des Lehrers verstieß.

Alfred war ein kleiner, blonder und vorlauter Junge. Im Pausenhof legte er sich gerne mit anderen Jungs an, im Unterricht störte er durch unnötige Rückfragen oder lautstarkem Wippen mit seinem Stuhl. Herr Ebling hatte ihn stets im Blick und wartete offenbar nur auf ein geeignetes Fehlverhalten, um Alfred bestrafen zu können. Als der Schüler eines Tages mit seinem Stuhl nach hinten kippte, ergriff unser Lehrer seine Chance. Es war schon damals offensichtlich, dass er es genoss, seine Schüler zu züchtigen. Aber erst heute kenne ich den Namen dafür: Sadismus.

Mit drei großen, schnellen Schritten stand Herr Ebling neben Alfred. Er packte ihn am Ohr, um ihn auf die Beine zu stellen.

„Jetzt reicht es!", erklärte er kurzerhand, während er den schmächtigen Schüler in Richtung Tafel zog. Wir wussten, was jetzt kommt. Herr Ebling genoss es, die Jungs hinten am Hosenbund zu packen und daran zu ziehen, bis sich im Schritt des Gepeinigten ein schmerzhafter Druck auf die Hoden ausbreitete.

Er ergötzte sich an den verzehrten Gesichtern der Kinder, während sich einzelne Tränen einen Weg über deren Wangen bahnten. Bei Alfred klappte das heute nicht. Er trug eine Lederhose, deren Material zu hart war, um einschneidende Schmerzen zu verursachen. Aber wer Herrn Ebling kannte, wusste, dass er sich von seiner angekündigten Strafe nicht abbringen ließ. So packte er Alfred kurzerhand am Genick und schob ihn zum Fenster. Unser Klassenzimmer befand sich im zweiten Stock, weshalb wir rätselten, was er mit Alfred vorhatte. Herr Ebling öffnete das Fenster und hob unseren Mitschüler auf das Fensterbrett. Panik breitete sich in dessen Gesicht aus. Im Klassenzimmer wurde es augenblicklich totenstill.

„Das ist ganz schön hoch? Stimmt's?", sagte er zu Alfred.

Ängstlich nickte dieser, ohne einen Ton herauszubringen.

„Mit deiner Zappelei hat es jetzt ein Ende. Du solltest dich lieber ruhig verhalten, wenn du hier hängst!", erklärte er streng.

Wenn er dort hängt?, fragte ich mich im Stillen.

Im nächsten Moment packte er Alfred an den Trägern seiner Lederhose, hievte ihn aus dem Fenster und hängte ihn an einen großen Haken, welcher an der rechten Seite der Außenwand befestigt war. Einigen Mädchen entfuhr ein lauter Schrei, als wir das Unvorstellbare sahen. Wie versteinert hing unser Mitschüler an der Wand des Schulgebäudes. Er wagte es weder sich zu bewegen, noch zu schreien. Selbst das Atmen wollte er einstellen, was jedoch aufgrund seiner grenzenlosen Angst nicht gelang.

Herr Ebling drehte sich um und ging zu seinem Pult. Abschätzend betrachtete er unsere von Unglauben gezeichneten Gesichter.

„Jetzt wisst ihr, was mit motorischen Störern passiert!", erklärte er lehrerhaft, während er zum Fenster deutete. Wir wagten es kaum, unseren Blick von ihm abzuwenden, lediglich unsere Augen schielten zu dem am Haken hängenden Jungen. Die Zeit blieb fast stehen. Es kam mir vor wie eine ganze Stunde, obwohl es vermutlich nur wenige Minuten waren, bevor er Alfred von seinem Horrortrip befreite. Kleinlaut, mit schlotternden Knien, schlich der Junge zu seinem Tisch.

Herrn Eblings Strafe verfehlte nicht seine Absicht. Von nun an reichte es aus, dass er einen sich fehlverhaltenden Schüler ermahnte und dabei zum Fenster schritt, um den von ihm erwünschten Respekt und die Ruhe zurück zu erhalten.

Es war ein Wunder, dass keiner der anwesenden Schüler dem Rektor von den Erziehungsmaßnahmen dieses Lehrers berichtete. Falls einige Mädchen oder Jungs ihren Eltern davon erzählten, glaubten diese es entweder nicht, oder sie hielten die Geschichte für derart überzogen, dass sie es nicht für nötig hielten, sich an die Leitung der Schule zu wenden. Jedenfalls wurde Herr Ebling für dieses Fehlverhalten niemals bestraft.

9

Nach der Schule traf ich mich meistens mit Brunhilde. Wir gingen ins Kino, streiften durch den Park oder waren bei ihr zu Hause und lasen Liebesromane. Ich liebte es, wenn ich von Brunhildes Mutter zum Essen eingeladen wurde. Es gab oft heiße Milch mit eingebrockten Semmeln, Rosinen und Zucker. So einfach diese Mahlzeit auch war, so besonders war sie für mich. Sie vermittelte mir das Gefühl von Normalität und Geborgenheit. Bis sich an einem Nachmittag alles änderte.

Brunhilde hatte einen Bruder. Roman war bereits 24 Jahre alt, sehr männlich mit Muskeln und Bartwuchs. Gelegentlich liefen wir uns über den Weg, wenn ich meine Freundin besuchte. Ich fand ihn nett, aber in meinen Augen war er eben kein Junge mehr, sondern ein Mann.

Seit der Sache mit Onkel Hans hatte ich im Allgemeinen Probleme damit, wenn mich jemand anfassen wollte. Jedoch ließ ich es bei gewissen Leuten zu, wie meiner Oma oder Brunhilde. Auch Klassenkameraden, die teilweise noch recht kindlich waren, konnten freundschaftlich den Arm um mich legen, ohne dass sie Konsequenzen befürchten mussten. Aber Roman löste andere Gefühle in mir aus. Panik.

Ich saß auf Brunhildes Bett, als Roman das Zimmer betrat.
„Hallo Moni! Wo ist meine Schwester?", begrüßte er mich freundlich.
„Sie ist gerade auf die Toilette gegangen", antwortete ich mit einem zaghaften Lächeln.
Roman setzte sich neben mich und legte zärtlich seinen Arm um meine Schultern.
„Weißt du eigentlich, wie hübsch du bist?", warf er mir völlig unvorbereitet entgegen.
Augenblicklich verkrampfte sich mein Körper, ich schwitzte und hatte das Gefühl keine Luft zu bekommen. Ich steuerte einer Panikattacke entgegen!
Als ich mich aus seiner Umarmung befreien wollte, zog er mich fester an sich.

„Na komm schon!", flüsterte er mir ins Ohr, während seine Hand über meinen Rücken strich.

Im nächsten Moment drehte ich mich um und schlug mit den Fäusten auf ihn ein. Ich schrie wie von Sinnen, während meine Schläge sein Gesicht sowie seinen Oberkörper malträtierten. „Hör auf du Schwein! Lass mich in Ruhe!", brüllte ich außer mir.

Erst Brunhilde und ihre Mutter konnten mich soweit beruhigen, dass Roman verwirrt die Flucht ergreifen konnte.

Von diesem Tag an war ich im Haus meiner besten Freundin kein gern gesehener Gast mehr. Brunhilde und ich trafen uns weiterhin, zeitweise auch bei mir zu Hause, jedoch geschah dies stets ohne Wissen ihrer Mutter, die ihr einen weiteren Umgang mit mir verbot.

Meine negativen Erfahrungen mit Männern sollten aber noch nicht beendet sein. Ich glaube, dass Übergriffe von Erwachsenen auf Kinder in dieser Zeit genauso häufig waren wie heute, vielleicht sogar etwas mehr. Lediglich die Bereitschaft, in der Öffentlichkeit darüber zu diskutieren, bestand damals so gut wie gar nicht.

Für Kinder von damals hatte der Respekt gegenüber erwachsenen Personen noch einen anderen Stellenwert, als heute. Daher kam es äußerst selten vor, dass sich die missbrauchten Kinder und Jugendlichen zur Wehr setzten. Selbst heute passiert es noch viel zu oft, dass die Täter ihre Opfer mit wenigen Worten derart einschüchtern können, dass diese sich nicht trauen, sich einer nahestehenden Person anzuvertrauen.

Wie so oft, war es auch bei mir erneut eine Vertrauensperson, die diese Stellung missbrauchte.

Meine Oma und ich besuchten Verwandte auf dem Land. Onkel Adam und Tante Trudl wohnten in einem kleinen Häuschen in einem noch kleineren Dorf. Tante Trudl war eine moderne, schicke Frau. Meine Oma nannte sie oft „die Lady". Es war ihr anzusehen, dass sie für sich ein anderes Leben vorgesehen hatte. In einer schicken Stadtwohnung mit einem noch schickeren Ehemann an ihrer Seite, der die nötigen Geldmittel besaß, um ihr den erträumten Lebensstandart zu ermöglichen. Onkel Adam erfüllte keinen dieser Wünsche. Die Erkenntnis, warum sie ihn nicht verließ, bleibt mir bis heute verwehrt.

Wir saßen in der gemütlichen Küche und tranken Kaffee. Der selbstgemachte Apfelkuchen, von den Bäumen im Garten hinter dem Haus, schmeckte hervorragend.

„Möchtest du lieber eine Limo?", wandte sich mein Onkel an mich.

„Gerne", antwortete ich erfreut.

Onkel Adam stand auf und winkte mir zu. „Kannst du mir kurz tragen helfen? Das wäre nett von dir!", wollte er freundlich wissen.

Ohne irgendwelche Hintergedanken, folgte ich ihm in den Keller. Ich entdeckte mehrere Kästen mit Flaschen im hinteren Eck des kleinen Raumes.

„Such dir etwas aus, was du gerne trinken möchtest", bot er mir aufmerksam an.

Als ich mich, mit zwei Flaschen Zitronenlimonade in der Hand, umdrehte, stand er plötzlich vor mir. An seinem lüsternen Gesichtsausdruck erkannte ich sofort, dass sich seine Absichten geändert hatten. Ängstlich glitt mein Blick an seinem Körper herab. Was ich dann sah, ließ mein Blut in den Adern gefrieren.

Mit geöffneter Hose stand er vor mir, hielt sein bestes Stück in der Hand und massierte es genüsslich.

„Lass mich sofort vorbei, sonst trete ich dir in die Eier!", schrie ich ihn mit fester Stimme an. Dabei lag in meiner Aussage eine Entschlossenheit, mit welcher mein Onkel offensichtlich nicht gerechnet hatte. Augenblicklich trat er zur Seite und ließ mich ohne Beanstandung vorbei.

Zurück in der Wohnküche, erklärte ich meiner Oma, dass ich Bauchweh habe und bald nach Hause wolle. Eine halbe Stunde später verließen wir das Haus, in welches ich glücklicherweise nie wieder zurückkehren musste.

Meine Begegnungen mit erwachsenen Männern verliefen nicht immer so dramatisch, jedoch schlummerte stets eine gewisse Angst und Vorsicht in mir, welche eine nähere Beziehung nie zuließ.

Dann lernte ich Willi kennen, meine erste große Liebe!

Willi war 14 Jahre alt, also ein Jahr älter als ich. Obwohl er in meinen Augen sehr attraktiv und reif war, löste er keine abwehrenden Gefühle in mir aus.

Es war Kirmes. Ich stand mit Brunhilde bei den Autoscootern, als plötzlich dieser hübsche, blonde Junge mit seinem Wagen vor uns anhielt.

„Willst du mitfahren?", fragte er an mich gewandt.

Nach einem kurzen Blick zu meiner Freundin, nickte ich ihm zu und sprang zu ihm ins Fahrzeug. Es war ein lustiger Nachmittag. Wir fuhren Runde um Runde, während Brunhilde vergeblich darauf hoffte, ebenfalls von ihm zu einer Fahrt eingeladen zu werden. Willi hatte nur Augen für mich!

Die nächsten Wochen traf ich mich immer häufiger mit Willi. Wir gingen oft ins Kino, weil dies der magische Ort war, an dem wir ungestört kuscheln konnten. Glücklich lag ich in seinen Armen, während wir zarte, schüchterne Küsse austauschten. Willi war sehr zurückhaltend. Er streichelte meine Arme, ohne einen Vorstoß in andere Regionen meines Körpers zu wagen. Wir begnügten uns mit dem, was wir hatten. Uns!

Vielleicht wäre unsere Beziehung irgendwann ernster geworden, möglicherweise hätte ich von meiner Seite aus mehr gewollt, wäre ich nicht erneut aus meinem gewohnten Umfeld gerissen worden. Dieses Mal, weil meine Oma es so wollte.

Mit meinen fast 14 Jahren war ich sehr rebellisch. Oma wusste sich oft nicht anders zu helfen, als mich mit einem Kochlöffel zu züchtigen. Mittlerweile machten mir diese Schläge aber nichts mehr aus. Ich grinste, wenn sie wutentbrannt den hölzernen Stab vor mir schwang und mir drohte, mich zu verprügeln. Ich lief um den Tisch herum und lachte sie aus, während sie vergeblich versuchte, mich zu erwischen. Häufig verfehlte sie dabei ihr Ziel, so dass das Schlagwerkzeug auf den Tisch sauste und zerbrach. Es wurde zu einer kurzen, aber lustigen Routine, dass ich ihr zum Geburtstag und zu Weihnachten einen Satz neue Kochlöffel schenkte, damit sie weiterhin ungebremst auf mich einprügeln konnte.

Irgendwann reichte es ihr dann. Sie ging zum Jugendamt und erklärte dort, dass sie mit mir nicht mehr fertig würde. Daraufhin wandte sich Herr Ohler, der zuständige Sachbearbeiter, an meine ehemalige Pflegefamilie. Er fragte an, ob sie bereit wären, mich erneut aufzunehmen. Ich hatte die ganzen Jahre über weiterhin Kontakt zu Tante Anna, Onkel Rudolf und ihrem neuen Kind, Hannelore, die nur ein Jahr jünger als ich war. Obwohl mich deren Ziehtochter nervte, weil sie in meinen Augen eine verzogene Heulsuse war, wäre ich gerne wieder zu ihnen gezogen. Meine Erinnerungen an die frühe Kindheit waren ausschließlich positiv.

Zu meinem Erstaunen wollten sie mich aber nicht zurück. Sie begründeten ihre Entscheidung damit, dass sie mich zu einer anständigen Frau erziehen würden, welche in zwei Jahren einen Beruf erlernen und sie dann verlassen würde. Tante Anna wollte nicht erneut Gefühle investieren, die sodann, mit meinem Weggehen, erneut verletzt würden.

Damals dachte ich nicht weiter darüber nach, aber heute frage ich mich: Geht es nicht allen Eltern so? Ist das nicht Ziel einer jeden Erziehung? Die eigenen Kinder auf ein selbständiges Leben vorzubreiten, um sie dann ziehen zu lassen?

Als zweite Wahl wurde meine Tante Klara gefragt, ob sie das schwierige Kind bei sich aufnehmen würde. Diese hatte jedoch mit der Erziehung meiner Mutter schon genug Sorgen durchlebt, so dass sie eine ähnliche Erfahrung nicht mehr machen wollte.

Da mich offenbar niemand bei sich haben wollte, was meine heranreifende Persönlichkeit damals nicht gerade stärkte, kam ich ins Waisenhaus.

10

Das große Gebäude, welches die nächsten drei Jahre mein neues Zuhause sein sollte, befand sich in der Waisenhausstraße 5 in Pirmasens. Mit meinem neuen Koffer, einem hübschen grünkarierten Kleidchen, Seidenstrümpfen sowie halbhohen Pumps, stand ich in der Eingangshalle und wartete auf das Empfangskomitee. Vor mir ragte eine breite Treppe hinauf in den ersten Stock. Seitlich befanden sich große Glastüren, die zu weiteren Räumen führten.

Als eine der Erzieherinnen kam, um mich in Empfang zu nehmen, betrachtete sie mich eingehend mit verwundertem Blick. Erst später begriff ich, was ihre Blicke zu bedeuten hatten. Zu jener Zeit war es nicht üblich, dass Kinder, welche ins Waisenhaus kamen, so gepflegt und neu eingekleidet waren, wie ich. Vermutlich wirkte ich eher, als würde ich ein teures Internat beziehen.

Nachdem ich Herrn Mauch, dem Heimleiter, vorgestellt wurde, verlangte die Erzieherin von mir, dass ich mich komplett entkleiden solle, um entlaust zu werden.

Entlaust?

Mit großen Augen blickte ich sie an.

„Ich habe keine Läuse!", brachte ich entsetzt hervor.

„Du musst trotzdem unter die Dusche! Wir können es uns nicht leisten, dass ein Neuling Parasiten einschleppt!", warf sie mir unnachgiebig entgegen.

„Aber ...", versuchte ich mich zu wehren. Der strenge Blick, der mich daraufhin traf, verschnürte mir die Kehle. Mir war schlagartig klar, dass ich mich dem alteingesessenen Ritual des Kinderheims nicht entziehen konnte. Also fügte ich mich der Vorschrift – und das nicht zum letzten Mal!

Nach der entwürdigenden Reinigung, welche die Erzieherin selbst vornahm, wurde ich in einen großen Schlafsaal geführt. Er war leer. Ordentlich standen fünf Reihen zu je acht Betten nebeneinander. Mir wurde der Schlafplatz in der hintersten Reihe, direkt am Fenster, zugeteilt. Neben einem flauschigen Kopfkissen und einer dicken Daunendecke, gehörte mir ab sofort auch ein kleines Nachttischchen, welches neben jedem Bett seinen Platz fand. In den zwei Schubladen konnte ich all meine persönlichen Dinge aufbewahren, die ich aus meinem bisherigen Leben mitbrachte.

Anschließend führte mich die Erzieherin in den Speisesaal. Er war noch größer, als der Schlafsaal. Die Tische und Bänke waren in ordentliche Reihen aufgeteilt. Auf der linken Seite saßen die Jungen, rechts die Mädchen. Mit den freundlichen Worten: „Such dir einen Platz", wurde ich in den großen Saal geschoben. Mein neugieriger Blick schweifte über die Anwesenden. An einem blonden Jungen, welcher in der vorletzten Reihe saß, blieb ich plötzlich hängen. Verwirrt kniff ich die Augen zusammen. Konnte das wirklich sein?

Mit schnellen Schritten lief ich meinem Ziel entgegen.

„Willi! Was machst du denn hier?", rief ich erstaunt, als ich vor dem verdutzten Jungen stehen blieb.

„Ich heiße Frank!", kam die prompte Antwort, während die Anwesenden leise kicherten.

Mit hochrotem Kopf zog ich mich zurück und begab mich zu den Reihen der Mädchen. Natürlich! Wie sollte auch Willi hierherkommen? Aber dieser Frank sah meiner ersten großen Liebe wirklich verdammt ähnlich.

An einem Tisch in der Mitte des Saales ließ ich mich nieder. Neben mir saß ein blondes Mädchen mit einem sympathischen Lächeln.

„Hallo, ich heiße Melitta", stellte sie sich freundlich vor. Wie sich herausstellte, war sie eine von zehn Geschwistern, welche allesamt im Heim lebten. Sie verloren ihre Eltern bei einem Unfall. Da es keine weiteren Verwandten gab, lag ihr Schicksal nun in den Händen des Jugendamtes. Melitta, Gaby und Marlene Pinkawa wurden zu meinen besten Freundinnen. Die drei Schwestern glichen sich nur äußerlich, waren vom Charakter her aber sehr verschieden.

Melittas Bruder, Walter Pinkawa, war zwei Jahre älter als ich.

Eines Tages saß er im Garten, vertieft in die Zeilen, die auf dem Blatt vor ihm verfasst waren.
„Hallo, Walter! Was machst du da?", wollte ich interessiert wissen.
„Nichts!", wandte er sich schüchtern ab, während er den Block schnell zur Seite legte.
Langsam ließ ich mich neben ihn auf die Wiese sinken. „Schreibst du Geschichten?", hakte ich neugierig nach.
„Nein, ich …", brach er ab. Es war ihm anzusehen, dass ihm sein Hobby peinlich war.
„Ich lese gerne Bücher. Und ich finde es toll, wenn jemand die Fantasie hat, Geschichten zu schreiben. Ich könnte das nie!", erzählte ich ehrlich.
„Das ist nicht so schwer, wie alle denken", kam er plötzlich aus sich heraus. „Wenn ich eine Idee im Kopf habe, spinnt sie sich ganz automatisch weiter. Die Handlungen der Personen werden immer detaillierter und umfangreicher. Ich muss sie dann nur noch in

Sätze fassen und aufschreiben", erklärte er begeistert.

„Und was hast du bisher schon geschrieben?", hakte ich erwartungsvoll nach.

„Ich schreibe Romane."

„Liebesromane?", zog ich ihn auf.

„Nein!", kam seine kurze, genervte Antwort.

„Was dann? Lass dir doch nicht jedes Wort aus der Nase ziehen! Um was geht es in deinen Romanen?"

„Willst du das wirklich wissen? Oder willst du dich auch nur über mich lustig machen?", fragte er mich, während er mir ernst in die Augen blickte.

„Warum sollte ich mich über dich lustig machen? Mich interessiert es wirklich! Würdest du mir ein paar Zeilen vorlesen?"

Sein Blick wurde abschätzend. Einen Moment lang schien er zu überlegen, ob er es wirklich wagen sollte, mir seine persönlich verfassten Abenteuer anzuvertrauen. Schließlich gab er nach. „Also gut! Aber wenn du mich auslachst, dann war's das, verstanden?"

Aufgeregt nickte ich. Die nächsten 20 Minuten saß ich schweigend neben ihm und lauschte aufmerksam seinen Worten. Ich lachte nicht. Ich war begeistert. In seinen Romanen ging es um Cowboys im wilden Westen. Obwohl es nicht mein bevorzugtes Thema bei Büchern war, fesselte mich dennoch die Handlung. Von diesem Tag an las Walter mir jede Woche ein neues Kapitel vor. Dieses Privileg wurde nur mir zuteil, was ich auch durchaus zu schätzen wusste. Genauso wie er, genoss ich die kurzen Momente, in denen wir die Möglichkeit hatten, in eine erfundene, aber aufregende Welt zu fliehen, in welcher die Helden des Romans die Schwachen und Armen beschützten.

Die Realität holte uns jedoch stets viel zu schnell wieder ein.

Die Schule, in welche wir gingen, befand sich in der Stadt. Die Klassen waren gemischt – in zweifacher Hinsicht. Mädchen und Jungen sowie Heimkinder und „normale" Kinder arbeiteten gemeinsam auf ihren Abschluss hin. Wie schon die Jahre zuvor, fiel mir die Schule schwer. Meine Lieblingsfächer waren Turnen, Musik und Religion. Das waren auch die einzigen Fächer, in welchen ich sehr gute Noten erzielte.

Meine Lehrerin im Sportunterricht hieß Frau Weiß. Sie hatte pechschwarze Haare, welche zu einem großen Dutt auf ihrem Hinterkopf zusammengebunden waren. Obwohl sie ausgesprochen freundlich war, konnte sie sich gelegentliche Äußerungen uns Heimkindern gegenüber nicht verkneifen. Als ich beim Turnunterricht voller Ehrgeiz und Motivation einen Handstand machte, musste ich auf die bissige Bemerkung meiner Lehrerin nicht lange warten. „Der Zigeuner muss wieder aus der Reihe tanzen!", fauchte sie laut. Obwohl meine Haare mittlerweile nicht mehr kraus waren, wies meine Haut noch immer eine kaffeebraune Farbe auf, was mir gemeinsam mit meinen sehr dunklen Haaren einen äußerst südländischen Touch verlieh. Glücklicherweise hatte ich meine Freundinnen an meiner Seite, wodurch der Schulalltag und solch unbedachte Äußerungen keine bleibenden Schäden bei mir anrichteten.

Am Nachmittag mussten wir zuerst unsere Hausaufgaben für die Schule erledigen, anschließend wurden wir zu unseren Aufgaben im Heim eingeteilt. Anfangs durfte ich mich um die drei- bis sechsjährigen Kinder kümmern. Es waren insgesamt 21 Kleinkinder, die ich, gemeinsam mit einem anderen Mädchen, zu betreuen hatte. Die Arbeit war nervenaufreibend, aber oftmals auch lustig und schön. Ich genoss es, mit den Kindern auf dem Matratzenlager zu liegen, während ich ihnen Märchen vorlas. Zu einem Mädchen hatte ich ein ganz besonders inniges Verhältnis. Es war die dreijährige Marie. Sie hatte eine Hasenscharte, wodurch es ihr schwerfiel, deutlich zu sprechen. Trotzdem, oder gerade deshalb, nahm dieses Mädchen einen besonderen Platz in meinem Herzen ein. Aber wie es das Schicksal wollte, wurde mir auch dieser Halt genommen.

Jeden ersten Sonntag im Monat war Besuchertag. Es kamen Eltern aus der weiteren Umgebung, welche ein Kind adoptieren wollten. Die Aufregung und Angespanntheit war an diesem Tag bereits in den Morgenstunden im gesamten Haus spürbar. Alle Kinder zogen ihre besten Kleider an, wuschen sich sorgfältig und kämmten minutenlang ihre Haare, um gepflegt und ordentlich auf die potentiellen Eltern zu wirken. Am Nachmittag standen wir dann alle in Reih und Glied, während uns unzählige Augenpaare abschätzend und gründlich musterten. Die älteren Kinder hatten kaum eine Aussicht, adoptiert zu werden, da die meisten Ehepaare möglichst kleine Kinder wollten. Wenn ich ein besonders sympathisches Paar sah, stellte ich mir vor, wie sie sich für mich entscheiden und mich liebevoll mit zu sich nach Hause nehmen würden. Leider konnte es nie dazu kommen. Einige Tage vor dem ersten Besuchertag erfuhr ich von einer der Erzieherinnen, dass ich nicht freigegeben sei. Meine Mutter hatte noch immer das letzte Wort, wenn es um meine Zukunft ging.

An einem Sonntag im Mai, einem strahlenden Frühlingstag, wurde schließlich Marie ausgewählt. Einerseits freute ich mich für sie, denn ihre neuen Eltern machten einen freundlichen und liebevollen Eindruck auf mich. Andererseits zerriss es mir mein Herz. In Marie habe ich ein Stück Familie gesehen, eine kleine Schwester, der ich all meine Liebe schenken konnte und von der ich soviel Zuneigung zurückbekam. Jetzt wurde sie aus meinem Leben gerissen. Ein Abschied fand praktisch nicht statt. Das letzte Bild in meinem Kopf zeigt eine junge brünette Frau, die, mit Marie an der Hand, den großen Saal verlässt. Von da an trauerte ich fünf Tage, ohne dass mich eine meiner Freundinnen aufmuntern konnte. Es war für mich unerträglich weiterhin in der Kleinkindgruppe zu arbeiten. Ich ging zu unserem Heimleiter, Herrn Mauch, und ließ mich einer anderen Arbeitsstelle zuweisen. Ich kam ins Altersheim.

Das Gebäude, in welchem die alten Menschen untergebracht waren, befand sich direkt neben dem Waisenhaus. Jedes Mal, wenn ich die Eingangshalle betrat, schlug mir der markante Geruch von alten Menschen entgegen. Trotzdem machte mir auch diese Arbeit Spaß. Im Prinzip waren die Bewohner auch nur wie kleine Kinder. Offenbar läuft das Rad der Zeit ab einem bestimmten Alter rückwärts. Die Männer und Frauen freuten sich über Kleinigkeiten ebenso, wie die Dreijährigen in der Kleinkindgruppe. Einige von ihnen waren noch vital genug, um Spaziergänge im Garten zu unternehmen. Andere saßen stundenlang im Sessel und starrten aus dem

Fenster. Der Nachteil an dieser Arbeit war eindeutig, dass einige der Betreuten während meiner Zeit dort starben. Ich wurde angelernt, wie man eine Leiche wusch und zur Aufbahrung herrichtete. Anfangs war es eine Überwindung für mich, die kalten, leblosen Körper zu berühren, aber selbst diese Tätigkeit kann zur Routine werden, wenn man sie nur oft genug macht.

Glücklicherweise fand dieser Abschnitt meiner Arbeitseinteilung nach einem halben Jahr ein Ende. Ich kam in die Küche des Waisenhauses.

11

Auch an diese Arbeit gewöhnte ich mich relativ schnell, obwohl mir die Hitze und die großen, schweren Kochtöpfe oft zu schaffen machten. Während dieser Zeit kamen Walter und ich uns näher.

Wir trafen uns weiterhin einmal wöchentlich. Ich lauschte seinen Worten, während er mir seine neu verfassten Zeilen vorlas. Wir genossen es beide, uns in dem großzügigen Garten in ein abgelegenes Eck zu verkriechen, um dort ungestört unserer Leidenschaft nachzugehen. Anfangs war es nur der spannende Roman, der mich zu Walter hinzog, mit der Zeit kam jedoch eine andere Anziehungskraft dazu. Es war ein regnerischer Novembertag, an dem wir uns einen Platz im Inneren des Hauses suchen mussten, um in Ruhe unser Ritual abhalten zu können. Walter zog mich in die Besenkammer, welche neben der Küche lag und um diese Tageszeit garantierte, dass man unentdeckt blieb. Das schwache Licht der Deckenlampe erhellte den kleinen Raum. Lachend ließen wir uns auf den Boden sinken. Walter begann zu lesen. Entspannt lehnte ich mich zurück, als völlig unerwartet ein spitzer Gegenstand in meinen Rücken stach.

„Au!", rief ich erschrocken aus.

„Was ist los? Hast du dich verletzt?", rief Walter besorgt.

„Nein! Aber dieses Teil ist keine gute Lehne!", erklärte ich beruhigend. Jetzt erkannte auch Walter, was meinen Schmerzensschrei verursacht hat. Die Borsten eines Schrubbers ragten ein Stück aus dem Regal.

Fürsorglich zog er mich zu sich heran, bis ich schließlich so nah bei ihm saß, dass ich die Wärme seines Körpers spürte. Seine leisen Worte lullten mich ein. Schläfrig legte ich meinen Kopf an seine Schulter. Mir gefielen seine Texte, vor allem aber genoss ich es, dass er mich als einzige Person ausgewählt hatte, seinen Roman lesen bzw. hören zu dürfen. Ich kam mir wichtig und einzigartig vor. Vermutlich waren es genau diese Gefühle, die das anschließende Szenario zuließen.

Walter brach seine Lesung plötzlich ab, rutschte ein Stück zur Seite und legte seine Hand an meine Wange. Ohne ein weiteres Wort zu verlieren, küsste er mich zärtlich auf den Mund. Vermutlich war es auch für ihn der erste Kuss, denn er war sehr zaghaft und vorsichtig. Irgendwann öffneten sich seine Lippen und seine Zunge drang leicht in meinen Mund ein. Es folgte ein unbeholfener, aber leidenschaftlicher, Zungenkuss, der unseren Puls in die Höhe trieb. Als Walters Hand jedoch nach vorne zu meinen Brüsten wanderte, war die Stimmung für mich augenblicklich vorbei. Ruckartig stieß ich ihn weg, schaute ihm in die Augen und schüttelte ängstlich den Kopf. Sein verständnisvolles Nicken zeigte mir, dass er mich verstand. In der folgenden Stunde erfuhr ich keine weiteren Details seines Romanes mehr, jedoch lernte ich alle Facetten eines innigen Kusses kennen. Dabei streichelten Walters Hände lediglich meinen Rücken oder meine Arme, nahmen jedoch von jeder weiteren Annäherung Abstand.

Am Abend, in meinem Bett, grübelte ich lange über das Erlebte. Einerseits fand ich den

Kuss schön – aufregend, einmalig. Andererseits war er mir irgendwie unangenehm – so nass. Plötzlich kam mir ein beunruhigender Gedanke. Was war, wenn ich schwanger wurde? Ich war damals, mit 14 Jahren, wirklich noch so naiv, dass ich dachte, ein feuchter Zungenkuss könnte zur Schwangerschaft führen. Ich wusste zwar, dass eine Frau erst ihre Periode haben musste, um ein Kind empfangen zu können, aber nähere Einzelheiten blieben mir verwehrt. Den Schritt zur Frau hatte ich bereits ein Jahr zuvor gemacht. Damals bekam ich völlig unvorbereitet das erste Mal meine Blutung.

Mit knapp 13 Jahren wachte ich eines Morgens auf, ging auf die Toilette und blieb, nachdem mein Blick auf den roten Fleck in meiner Unterhose fiel, wie versteinert stehen. Blut! Zwar war es nicht so viel, dass ich Angst hatte, augenblicklich verbluten zu müssen, jedoch genug, um beunruhigt zu sein. Meine Oma hat mir einmal erzählt, wenn ich irgendwann einmal zur Frau würde und meine Periode bekäme, müsste ich aufpassen nicht schwanger zu werden. Das war meine Aufklärung! Jetzt stand ich vor der Toilettenschüssel und wusste nicht, wie ich mich verhalten sollte. Verzweifelt legte ich einige Lagen Toilettenpapier in meine Hose und zog sie wieder an. Erst auf dem Weg zum Speisesaal traf ich auf eine der Erzieherinnen. Hätte sie mich nicht direkt angesprochen, hätte ich mich ihr niemals offenbart.

„Monika! Was ist los? Du schaust heute etwas blass aus!", sprach sie mich besorgt an.

„Ich habe Blut in meiner Hose gefunden", flüsterte ich unsicher.

Glücklicherweise verstand sie mich sofort, ohne nachfragen zu müssen. Sie drehte sich um und zog mich hinter sich her. Vor einem Schrank, welcher bekanntermaßen Toilettenpapier, Küchenrollen und andere Hygieneartikel enthielt, blieb sie stehen. Einige Sekunden später drückte sie mir eine Packung Binden in die Hand.

„Die musst du jetzt tragen", erklärte sie kurz. Im nächsten Moment ließ sie mich alleine stehen.

Heute weiß ich nicht mehr, wem von uns beiden die Situation peinlicher war. Damals wurde über solche Dinge einfach nicht offen gesprochen – schon gar nicht im Waisenhaus.

Ein Jahr später, nach dem Kuss mit Walter in der Besenkammer, lag ich voller Sorge einer bestehenden Schwangerschaft im Bett. Für mich stand fest, dass dieser Kuss bzw. diese Reihe von feuchten Küssen, ein einmaliges Erlebnis für mich waren. Im Stillen schickte ich ein Stoßgebet zum Himmel, wobei ich dem Allmächtigen versicherte, würde er mich vor einer Schwangerschaft bewahren, wäre der nächste Mann, den ich küssen würde, mein Verlobter.

Gott erhörte meine Gebete, aber ich schaffte es nicht lange, mein Versprechen zu halten.

12

Bereits einige Wochen später geriet mein Gelöbnis in Vergessenheit, denn da kam ein neuer Junge ins Waisenhaus. Peter Wittmann!

Das erste Mal sah ich ihn im Speisesaal. Er hatte schwarzes Haar, dunkelbraune Augen und ein auffällig hübsches Gesicht. Glücklicherweise freundete er sich schnell mit Walter an, was es mir leichter machte, unauffällig Zeit mit ihm zu verbringen. Als wir uns nach dem Essen auf dem Flur über den Weg liefen, war ich zuerst geschockt. Obwohl Peter bereits ein Jahr älter war als ich, war er einen Kopf kleiner! Jedoch hielt mich das nicht davon ab, mich in den nächsten Tagen Hals-über-Kopf in ihn zu verlieben. Die kurzzeitige Liaison mit Walter kam mir plötzlich kindisch und unbedeutend vor. Das Gefühl, welches ich für Peter entwickelte, war viel mächtiger und intensiver.

Es verging kein Tag, an dem wir uns nicht sahen. Wir spielten mit den anderen Jungs Fußball, warfen uns lachend beim Völkerball ab oder verbrachten die Zeit mit einer Partie Federball.

Irgendwann spürten wir beide, dass unsere innigen Gefühle weit über eine ungezwungene Freundschaft hinaus gingen.

Eines Abends, als Schlafenszeit war, ließ ich mir absichtlich Zeit mit meiner routinemäßigen Hygiene. Auch Peter hatte es offensichtlich nicht eilig, den Schlafsaal zu betreten. Als ich den Waschraum verließ und Richtung Zimmer ging, stand er plötzlich vor mir.

„Hallo", grüßte ich ihn verlegen.

„Hallo", entgegnete er leise.

Für einen kurzen Moment sahen wir uns in die Augen, die Stille um uns herum hüllte uns ein. Wie in Zeitlupe griff er völlig unerwartet nach meinen Händen und zog mich zu sich. In meiner Erinnerung war er plötzlich größer als ich, beugte sich zu mir hinunter und küsste mich behutsam auf die Lippen. Es folgte ein zärtlicher

Kuss, welcher mit meiner bisherigen Erfahrung nichts gleich hatte.

„Bis morgen", flüsterte er an meine Lippen.

Mein Lächeln musste ihm als Antwort reichen, denn in meinem Bauch kribbelte es derart stark, dass ich keinen Ton mehr herausbrachte.

Ab diesem Zeitpunkt waren wir ein Paar. Obwohl wir uns nur geheim trafen, um innige Küsse auszutauschen, wussten unsere Freunde schnell Bescheid. Offensichtlich erkannten sie an unseren verliebten Blicken, dass wir mehr als nur Spielkameraden waren. Peter und ich nutzten jede sich bietende Gelegenheit, um uns zu küssen. Nach dem Essen verschwanden wir in der Besenkammer, welche bereits Schauplatz meiner ersten feuchten Küsse war. Am Nachmittag trafen wir uns vor dem Speisesaal, weil dieser außerhalb der Essenszeiten wie ausgestorben war. Die Einsamkeit auf dem Flur vor unseren Zimmern, wie bei unserem ersten Kuss, erlebten wir leider nicht mehr. Stets waren andere Kinder oder ein Erzieher zugegen, bis wir die Zimmertüren hinter uns schlossen. Wie nicht anders zu erwarten war, bekamen die Heimleitung Wind von unserer heimlichen Beziehung und hieß sie keineswegs gut.

Irgendwann hatte Peter die Idee, wir könnten uns in der Nacht treffen.
„Aber wenn wir nachts im Haus erwischt werden, gibt es richtig Ärger", bemerkte ich besorgt.
„Überleg mal, wo sie nicht kontrollieren?", wollte Peter von mir wissen.
„Im Keller? Im Badezimmer? In der Besenkammer? Keine Ahnung! Die können uns überall erwischen!", erklärte ich leise.
„Wo würden die Erzieher uns am wenigstens vermuten?", hakte er aufgeregt nach.
Ich zuckte die Schultern. „Keine Ahnung!"
„In unseren Betten natürlich!", erklärte er amüsiert.
„Auf was willst du hinaus?", fragte ich verwirrt.
„Moni! Du kommst zu mir in den Schlafsaal!", flüsterte er verschwörerisch.
Mit großen Augen sah ich ihn an. Obwohl ich mir nicht sicher war, ob ich solch eine

Intimität wollte, war der Gedanke, ihm so nahe sein zu können, verführerisch.

Mitten in der Nacht, als die Mädchen um mich herum ruhig und gleichmäßig atmeten, machte ich mich auf den Weg. Vorsichtig schlich ich zur Tür. Um zum Schlafsaal der Jungs zu gelangen musste ich lediglich den schmalen Flur überqueren. Mit klopfendem Herzen blickte ich mich um. Niemand da! Fast in Zeitlupe öffnete ich die Tür zu dem für mich verbotenen Zimmer, huschte durch den schmalen Spalt und ließ mich sofort auf dem Boden nieder. Auf allen Vieren kroch ich an den im Schatten liegenden Betten vorbei. Dabei schlug mir mein Herz bis zum Hals und ich hatte das Gefühl, das laute Pochen würde an den Wänden wiederhallen. Als ich endlich Peters Bett erreichte, empfing er mich mit ausgestreckter Hand. Schnell zog er mich zu sich unter die Decke.

Was in den folgenden Stunden passierte, glaubt mir kein Mensch!
Nichts! Es passierte überhaupt nichts! Wir lagen stumm nebeneinander, hielten uns die Hand

und trauten uns kaum zu atmen, geschweige denn ein Wort zu sagen. Die Spannung in der Luft war zum zerreißen, mein Körper kribbelte von der Haarwurzel bis zum großen Zeh. Wir genossen einfach nur die Nähe des anderen und wagten es nicht, uns durch geräuschvolle Bewegungen zu verraten. In den frühen Morgenstunden verließ ich auf dem gleichen Weg, wie ich gekommen war, den Schlafsaal und kehrte in mein eigenes Bett zurück.

Trotz der stetigen Gefahr, entdeckt zu werden – oder gerade deshalb - wiederholten wir die nächtlichen Besuche mehrmals. Gelegentlich küssten wir uns zärtlich oder ich lag still in seinen Armen, aber mehr passierte nie!

Ich kann mit gutem Gewissen sagen, dass diese wenigen Monate meine Glücklichsten im Waisenhaus waren.

Genauso unverhofft wie er aufgetaucht war, verschwand Peter auch wieder. Wir hatten eine Woche Zeit, uns zu verabschieden. Dann wurde er von seinen Eltern abgeholt. Warum er einige

Zeit im Waisenhaus verbringen musste, erfuhr ich leider nie.

Wir versprachen einander, dass wir uns nicht aus den Augen verlieren würden. Er fragte seine Eltern, ob ich am Wochenende gelegentlich zu Besuch kommen könne.

Leider kam in der Zukunft nicht ein einziges Treffen zustande. Ich brauchte lange, um über den Verlust meiner, mittlerweilen zweiten, großen Liebe hinwegzukommen. Glücklicherweise heilt die Zeit tatsächlich alle Wunden. Nur die Narben – die bleiben für immer zurück.

13

Nach meiner Arbeit in der Küche kam ich in den Kuhstall. Ich musste beim melken, ausmisten und füttern helfen. An meiner Seite fand man stets Karl. Einen pickeligen schüchternen Jungen mit sommersprossiger Haut. Mir war bereits schon früher aufgefallen, dass sich Karl im Garten des Waisenhauses häufig in meiner Nähe aufhielt und im Speisesaal oft seine Blicke in meine Richtung zeigten. Aber Karl war überhaupt nicht mein Typ. Er war nett, das war aber auch schon alles. Auf Hilde hatte er da eine andere Wirkung. Sie stand offensichtlich auf ihn, traute sich aber nicht, es ihm zu zeigen. So ergab es sich, dass während meiner Einteilung im Stall ein kräftiges, rothaariges Mädchen den Kontakt zu mir suchte, damit ich zwischen ihr und Karl vermitteln konnte.

„Ich bin doch nicht dein Verkuppler!", entgegnete ich auf Hildes Frage hin, ob ich ein Treffen zwischen Karl und ihr vereinbaren könne.

„Bitte, Moni! Ich weiß nicht, wie ich ihn ansprechen soll! Du bist doch den ganzen Tag mit ihm zusammen, da ergibt sich doch sicher eine Gelegenheit. Frag ihn wenigstens, ob er mich nett findet, oder ob ich ihm gefalle!", bettelte sie verzweifelt.

Hilde war nicht gerade der Traum eines normalen Jungen in unserem Alter. Ihre übermächtigen Brüste hingen wie schwere Melonen über ihrem Bauch, was lediglich unseren Erzieher, Herrn Gräf, dazu veranlasste, heimliche Blicke nach ihr zu werfen. Einen fünfzehnjährigen Jungen, wie Karl, stießen solche Prachtexemplare eher ab.

Wir Mädchen machten unsere Witze über Hildes Figur. Dabei war der Spruch: „Hilde schmeißt nachts ihre Titten über die Bettkante" noch einer der harmlosen Beleidigungen, die wir uns im Stillen ausdachten.

Irgendwann gab ich nach und sprach Karl auf Hilde an. Stirnrunzelnd betrachtete er mich.

„Hilde? Wie kommst du denn auf die? Ich habe nur für ein Mädchen Interesse!"

„Ach ja? Und wer ist das?", fragte ich gedankenlos, da ich befürchtete, die Antwort schon zu kennen.

„Moni! Könntest du dir vorstellen, mit mir zusammen zu sein?", wagte er sich mutig vor.

Ein prustendes Lachen entwich meinem Mund. Im nächsten Moment bereute ich diese spontane Reaktion jedoch. Schnell schaute ich in sein entsetztes Gesicht.

„Hör mal, Karl! Du bist echt nett, aber …", versuchte ich mich zu rechtfertigen.

Traurig senkte er seinen Blick. Mit einem leichten Nicken wandte er sich ab und betrat den Stall. Obwohl er mir in diesem Moment leid tat, war ich froh, dass ich ihm die Wahrheit gesagt habe. Vielleicht würde er sich jetzt doch Hilde zuwenden, da diese offensichtlich Interesse an ihm hatte.

Seine Reaktion überraschte jedoch uns alle.

Am Abend, bevor wir zum Essen gingen, stand plötzlich Walter vor unserer Tür.

„Schnell, kommt mit! Das müsst ihr euch ansehen! Karl rastet total aus!", rief er aufgeregt. Ohne weitere Fragen folgten meine Freundinnen und ich ihm zum Schlafsaal der Jungen. Auch Hilde schloss sich uns an, nachdem sie den Namen ihres Schwarms gehört hatte. Obwohl es in unserem Heim immer irgendwelche Streitigkeiten und Gerüchte gab, welche den langweiligen Alltag erhellten, gab es nur selten solch ein Schauspiel, welches uns hier geboten wurde.

Karl zertrümmerte sein Bett! Er riss die Latten vom Gestell und warf sie quer durch den Raum. Dabei schrie er wutentbrannt Laute aus, die wir nur als Flüche interpretieren konnten. In diesem Moment beschlich mich das ungute Gefühl, dass ich der Grund für Karls Verzweiflungstat sein könnte. Betroffen schweifte mein Blick zu Hilde, die in diesem Moment offenbar das gleiche dachte.

Zwei Stunden zuvor erzählte ich ihr von meinem Gespräch mit Karl im Kuhstall. Nachdem Hilde mir nicht besonders am Herzen lag, sah ich auch keinen Grund, die Informationen zu verharmlosen. Ich berichtete ihr wortwörtlich von meinem Dialog mit Karl. Anschließend betrachtete sie mich traurig, bekam jedoch ihre anfänglichen Befürchtungen bestätigt, dass Karl nichts von ihr wollte.

In diesem Moment allerdings, während wir Karl beobachteten, wie er sich mittlerweile auch an dem Bett seines Nachbarn verging, warf Hilde mir einen Blick zu, der nur eine Nachricht enthielt: Rache!
Sie konnte akzeptieren, dass Karl nichts von ihr wollte, aber nicht, dass ich ihm mit meiner Abfuhr bewusst schadete, denn sein jetziges Verhalten, würde Konsequenzen für ihn haben. Voller Hass wendete sie sich von mir ab.

Karl wurde noch am selben Abend zu Herrn Gräf ins Zimmer beordert. Dort erhielt er, neben einer deutlichen Unterweisung in das Benehmen eines Heimkindes, eine von dem Erzieher gerne angewandte Strafe. Karl musste seine Hose runterlassen und bekam mit einem Stock mehrere Schläge auf den nackten Hintern. Die ersten sechs Schläge ertrug er tapfer, dann jedoch brach der erste Schmerzensschrei aus ihm heraus. Erst in diesem Moment fand sich in Gräfs Gesicht die Genugtuung, die er sich erhofft hatte.

Woher ich weiß, wie Gräf reagiert hat? Wir Mädchen (Melitta, Gaby, Marlene und ich), standen nicht zum ersten Mal an der Tür des Heimleiters und spionierten durch das Schlüsselloch. Dieses heimliche Beobachten war mittlerweile zu einer aufregenden Routine geworden, welcher wir fast täglich nachgingen.

Gelegentlich bekam Herr Gräf Besuch von Heidrun, einer jungen Erzieherin. Sie war geschätzte zwanzig Jahre jünger als er, was offenbar kein Hindernis für deren heimliche Liebschaft war. Heidrun war eine nette junge Frau, welche jedoch schwer mit ihrem Übergewicht zu kämpfen hatte. Als Erschwernis kam noch hinzu, dass sie einen Klumpfuss hatte, welcher ihr Selbstbewusstsein zusätzlich herabsetzte.

Während wir abwechselnd das ungleiche Liebespaar durch die kleine Öffnung in der Tür beobachteten, kicherten wir leise vor uns hin. Dabei schwankten unsere Gefühle zwischen Erheiterung, Ekel und Erregung, wenn es uns gelang, den, durch lautes Stöhnen begleiteten, Liebesakt vollends im Blickfeld zu haben.

An den Tagen, an welchen Gräf keinen Besuch seiner jungen Partnerin erhielt, legte er selbst Hand an. Obwohl diese Beobachtungen eindeutig in den Bereich „Ekel" fielen, konnten wir unsere Blicke nicht abwenden. Beschämt und gleichzeitig amüsiert ahmten wir ihn beim „Abwedeln" nach.

Die Tage nach Karls Bestrafung ging mir Hilde aus dem Weg. Mir machte das nichts aus, da ich zu ihr auch vor dem Vorfall mit Karl keine besondere Beziehung hatte. Doch dies sollte sich plötzlich ändern. Denn dann passierte ein weiteres, für mich prägendes Erlebnis, welches dieses Mal jedoch kein Mann, sondern ich mir selbst zufügte.

14

Es war ein sonniger Nachmittag, an welchem Melitta plötzlich mit Tränen in den Augen vor uns stand.

„Was ist passiert? Hat Heidrun dir die Haare wieder zu kurz geschnitten?", fragte Gaby mit einem lachenden Unterton. In bestimmten Zeitabständen mussten die Heimkinder bei den Erziehern antreten und sich eine wenig vorteilhafte Frisur verpassen lassen. Einige Mädchen waren danach sehr traurig, dass ihnen die lange Haarpracht gekürzt wurde. Melitta gehörte eindeutig dazu. Sie hatte regelmäßig etwas an dem an ihr vollzogenen Haarschnitt auszusetzen. Daher erwarteten wir die üblichen Floskeln, mit welchen sie ihren Verlust bedauerte.

„Nein! Viel schlimmer!", jammerte sie stattdessen.

Grinsend wandte ich mich an sie: „Was könnte schlimmer sein, als deine blonde Mähne zu verlieren?"

Mit tränenerstickter Stimme presste sie leise hervor: „Ich habe Läuse!"

„Was?", schrie Marlene ihre Schwester entsetzt an.

„Heidrun sagt, ihr müsst euch alle untersuchen lassen!", klärte Melitta uns auf.

„Na und? Dann waschen wir sie uns eben mit dem ätzenden Shampoo und dann sind sie wieder weg. Wo ist das Problem?", warf Gaby gelangweilt ein.

„Ich habe keine Läuse!", rief ich bestimmt aus. Für mich stand fest, dass Läuse nur Kinder befielen, die es mit der Hygiene nicht so genau nahmen. Es war nicht das erste Mal im Heim, dass Läuse auftraten. Ich wurde bisher jedoch jedes Mal davon verschont. Ich war mir sicher, dass ich viel zu sehr auf Sauberkeit achtete, um von diesen Parasiten befallen zu werden. Meine Oma war eine sehr ordentliche Frau. Sie hielt mich stets dazu an, mich täglich zu waschen und die Kleidung zu wechseln. Auch meine Haare wurden spätestens nach zwei Tagen gründlich gewaschen. Nicht nur einmal hörte ich von ihr die verächtlichen Worte: „Wenn du dich nicht wäschst, bekommst du Läuse. Nur dreckige Leute haben dieses Ungeziefer auf dem Kopf!"

Diese Aussagen meiner Oma haben sich so in meinen Kopf eingebrannt, dass es für mich einer Ansteckung mit der Pest gleichkam, wenn es sich herausstellen sollte, dass ich Läuse hätte.

Daher stand für mich außer Zweifel, dass ich auch dieses Mal das Schicksal der anderen Kinder nicht teilen würde.

Selbstbewusst trat ich den Weg zur Untersuchung an. Vor mir warteten bereits andere Mädchen, bis sie an der Reihe waren. Schräg hinter mir befand sich Hilde, die seit Wochen keine Gelegenheit ausließ, um mich mit ihren Blicken zu strafen.

Als ich an die Reihe kam, setzte ich mich auf den bereitgestellten Stuhl. Heidrun nahm den schmalen Kamm und zog ihn durch meine dicken Haare. Zweimal, dreimal, bis sie endlich mit ihrem Ergebnis zufrieden war.

„Dieses Mal hat es aber viele von euch erwischt!", bemerkte sie mit einem Blick auf den Kamm. „Monika, geh dich waschen, damit du deine Läuse loswirst!"

Voller Entsetzen betrachtete ich die Erzieherin. „Sie müssen sich täuschen! Ich habe keine Läuse! Das geht gar nicht!", erklärte ich selbstsicher.

„Doch das geht! Läuse können jeden befallen!", entgegnete sie ruhig.

„Aber nicht mich!", versuchte ich mich zu rechtfertigen.

Plötzlich bemerkte ich, wie aus der Menge ein leises Kichern drang. Schlagartig schoss mir das Blut ins Gesicht. Doch die dann folgenden Worte, brachten das Fass zum Überlaufen.

„Moni ist eine Läusetante!", bemerkte Hilde böse. „Läusetante … Läusetante…", hörte ich es in meinen Ohren rauschen.

Schlagartig sprang ich auf und rannte aus dem Zimmer. Mit Tränen in den Augen hetzte ich den Flur entlang bis zu unserem Schlafsaal. Ich fühlte mich so gedemütigt. Vor den Augen aller als dreckig und unsauber beschimpft zu werden, warf mich völlig aus der Bahn. In diesem

Moment stand für mich fest: Ich will mit dieser Schande nicht weiterleben! Ich bringe mich um!

Heute weiß ich, dass es meine jugendliche Unbeherrschtheit war, die mich zu dieser Tat getrieben hatte, aber damals waren die Scham und die Blöße derart groß, dass es für mich nur diesen Ausweg gab. Wollte ich wirklich sterben? Ja! Aber vermutlich nicht so unwiderruflich, dass ich mich aus dem Fenster gestürzt hätte. In meinem jugendlichen Wahn griff ich nach einem Seil, welches in einer Kiste in der Zimmerecke lag. Darin befanden sich diverse Spielsachen, wie Bälle, Springseile und leere Dosen, mit welchen wir bei schlechtem Wetter im Haus spielen konnten.

Mit tränenüberströmtem Gesicht legte ich das Seil um meinen Hals, setzte mich auf mein Bett und zog zu. Es dauerte einige Minuten, bis der Sauerstoff in meinem Körper so wenig wurde, dass ich Luft holen wollte. Aber ich zwang meine Arme noch fester zu ziehen. Kurz bevor ich das Bewusstsein verlor, erkannte ich aus den Augenwinkeln eine Gestalt, die auf mich zulief.

Ich hörte einen Schrei und sah eine rote Haarmähne, die über das Nachbarbett sprang und auf mir landete. Dann war es dunkel um mich herum.

Im Krankenhaus wachte ich wieder auf. Neben mir saßen Melitta, Gaby und Marlene.

„Was ist passiert?", fragte ich mit krächzender Stimme.

„Moni! Warum wolltest du dich umbringen?", jammerte Melitta weinerlich.

Betreten schaute ich zur Seite. „Die Läuse …", flüsterte ich leise.

„Spinnst du? Wir alle haben Läuse! Na und? Wäre Hilde nicht gewesen …", setzte Marlene an.

„Hilde?", rief ich erstaunt aus.

„Ja! Sie hatte ein schlechtes Gewissen und ist dir nachgelaufen!"

„Hilde hat mich gerettet?", wiederholte ich fassungslos.

„Quatsch!", wehrte Gaby mit einer Handbewegung ab. „Sobald du bewusstlos gewesen wärst, hättest du doch nicht mehr zuziehen können! Du wärst nicht gestorben! Auch ohne Hilde nicht!"

„Spinnst du? Erzähl nicht so einen Mist!", beschwerte sich Melitta und stieß Gaby mit ihrem Ellenbogen in die Rippen. „Du kannst doch einer Selbstmordgefährdeten nicht sagen, dass sie es nicht geschafft hätte, dann …"

„Halt! Könnt ihr bitte aufhören zu streiten? Ich weiß, dass es falsch von mir war, aber … ich dachte, ich könnte keine Läuse haben. Ich wasche mich ständig und zieh immer saubere Kleidung an. Meine Oma hat gesagt …", setzte ich kleinlaut an.

„Moni! Läuse gehen doch nicht nur auf schmutzige Haare! Wir hatten schon so oft diese Viecher auf unserem Kopf!", erklärte Marlene lachend.

Ich ersparte es mir und den anderen in diesem Moment, meine Meinung zu äußern, weshalb ich glaubte zu wissen, warum die Familie Pinkawa schon öfters Läuse hatte. Ich wollte es mir nicht mit meinen Freundinnen verscherzen.

„Hat Hilde was gesagt?", hakte ich neugierig nach.

„Sie hat ein schlechtes Gewissen, weil sie glaubt, dass sie daran schuld ist, dass du …", sagte Gaby. Der mahnende Blick ihrer Schwester ließ sie verstummen.

„Schon gut! Ich werde es nicht mehr versuchen! Versprochen!", beruhigte ich die Anwesenden. Und das meinte ich auch so.

15

Im Speisesaal gab es einige Verhaltensvorschriften und Rituale.

Ein lang eingespieltes Ritual, welches von den Waisenkindern selbst aufgestellt wurde, war, sich ein jüngeres Kind zu suchen, welches für einen um mehr Essen bettelte.

Dazu muss ich kurz erklären, dass eine der Regeln während der Mahlzeiten besagte, dass ein Kind, welches ein weiteres Stück Brot wollte, seinen Arm heben musste. Einer der Erzieher kam sodann und händigte dem Betreffenden eine bestimmte Mehrmenge aus. Jedoch durfte sich jedes Kind nur einmal pro Mahlzeit melden.

So kam es, dass die älteren Kinder sich jüngere Mitbewohner suchten, welche sie, meist unter Androhung von Schlägen, dazu anhielten, sich zu melden und die Nahrung sodann an die Älteren auszuhändigen. Selbstverständlich geschah dies alles ohne Wissen der Erzieher.

Vielleicht war es ihnen aber auch bewusst, wie die Hierarchie unter den Heimkindern ablief, es interessierte sie nur nicht.

Ich wurde von Sabine erkoren, ihr Bettelkind zu sein. Obwohl ich nur zwei Jahre jünger als sie war, besaß sie genug Autorität, um mich zu diesen Zwecken zu benutzen. So kam es, dass ich oft meinen Hunger nicht stillen konnte, weil mein Nachschlag an die Ältere abgetreten werden musste. Schließlich suchte ich mir ein jüngeres Kind, welches für mich den Arm heben sollte, um nicht mit knurrendem Magen ins Bett gehen zu müssen.

Eine weitere strenge Regel der Erzieher bestand darin, beim stillen Gebet, welches vor dem Essen stattfand, nicht zu sprechen. Auch während der Mahlzeiten durfte man sich, wenn überhaupt, nur leise unterhalten. Einige junge Erzieherinnen, wie Heidrun, sahen das nicht so eng. Sie drückten gerne mal ein Auge zu, wenn wir während des Gebetes tuschelten oder kicherten. War allerdings Herr Gräf im Saal anwesend, gab es kein Nachsehen.

Eines Abends holte mich mein Erlebnis im Kindergarten wieder ein. Mein Schwur, kein anderes Kind mehr zu verraten, wurde auf eine harte Probe gestellt.

Gut gelaunt saßen Marlene und ich auf unserer Bank im Esssaal, als Herr Gräf mit einem lauten Knurren um Ruhe bat, um das Gebet zu beginnen. Kurz vorher hatte mir Marlene von dem hübschen Jungen berichtet, welcher erst vor einer Woche zu uns ins Heim gezogen war. Aufgeregt und mit geröteten Wangen schaute sie zu ihm hinüber, während ich ihren verliebten Blicken folgte. Der Neuankömmling saß still auf seinem Platz, ließ es sich jedoch nicht nehmen, mit einem verführerischen Augenzwinkern Marlenes Herz in Aufruhr zu bringen.

„Hast du das gesehen?", flüsterte sie mir aufgeregt zu.

„Sei ruhig ... das Gebet!", ermahnte ich sie leise.

„Er ist so süß, er hat mich angelächelt! Glaubst du ich gefalle ihm?", plapperte sie weiter darauf los.

„Bitte Marlene, sei endlich still, sonst bekommst du Ärger!", wisperte ich ihr auffordernd zu.

In diesem Moment drehte Herr Gräf sich um. Sein strenger Blick traf mich unvermittelt.

„Wer war das?", hörte ich seine scharfe Stimme.

Betreten schauten Marlene und ich zu Boden. Gräf kam auf mich zu, packte mich am Arm und zog mich von der Bank. Gemeinsam mit mir verließ er den Saal. Obwohl ich wusste, was die Strafe für Ungehorsam beim Gebet war, herrschte in meinen Kopf nur ein Gedanke: Ich werde Marlene nicht verraten! Es war nicht die Angst vor einer Rache meiner Freundin, die mich dazu veranlasste, die Strafe auf mich zu nehmen. Vielmehr war es die Solidarität zu ihr und die Schmach, vor den Anderen als Verräterin dazustehen.

Ich ließ Gräf im Glauben, ich hätte gesprochen (was ja auch stimmte) und nahm die verhängte Strafe in Kauf.

Die nächsten drei Wochen musste ich während der Mahlzeiten vor der Tür stehen. Ich durfte mich auch nach der Essenszeit nicht an den Tisch setzen und bekam nur ein Stück Brot zugeteilt. Walter, Karl und deren Freunde, brachten mir heimlich etwas von ihrem Essen mit, was von den Erziehern stillschweigend geduldet wurde. Herrn Gräf begegnete ich in dieser Zeit mit einem schelmischen Lächeln. Mir war bewusst, dass er einen schüchternen, verängstigten und demütigen Blick erwartete – die Genugtuung wollte ich ihm aber nicht geben.

Nachdem ich meine Strafe verbüßt hatte, gab es einen weiteren Vorfall mit unserem Erzieher, Herrn Gräf. Offenbar hatte sich sein Hass auf mich derart gesteigert, dass ihm die zur Verfügung stehenden offiziellen Strafen nicht als ausreichend erschienen.

Am Abend, bevor die Nachtruhe begann, stand ich im Waschraum und ließ Wasser ins Becken laufen. Die anderen Mädchen hatten den Raum bereits verlassen. Plötzlich hörte ich Schritte hinter mir. Noch bevor ich mich umdrehen konnte, erkannte ich im Spiegel Herrn Gräf, der mich schlagartig am Genick packte und nach unten zog. Während er meinen Kopf ins Waschbecken drückte, presste er meinen Oberkörper an die harte Keramik, wobei meine Brüste schmerzhaft zerquetscht wurden. Als er so hinter mir stand, befürchtete ich, er würde mir gleich unter mein Nachthemd zwischen die Beine greifen. Seine Absichten waren jedoch ganz anderer Natur.

Mit einem kräftigen Ruck warf er mich zu Boden. Er murmelte Beschimpfungen, die ich jedoch nicht richtig verstand. Anschließend trat er mit seinen Füßen auf meinen wehrlosen Körper ein. Ich kann nicht genau sagen, wie lange ich seinen brutalen Schlägen ausgesetzt war, aber irgendwann hörte ich eines der Mädchen schreien und plötzlich war es vorbei. Herr Gräf verließ fluchtartig den Waschraum.

„Du musst ihn bei Mauch melden!", redete Gaby auf mich ein. „Das kann man ihm doch nicht durchgehen lassen!"

Mittlerweile lag ich auf meinem Bett und versuchte meinen geschundenen Körper so wenig wie möglich zu bewegen.

„Das bringt doch nichts! Gräf behauptet wahrscheinlich, ich sei ausgerutscht oder so", entgegnete ich mutlos.

„Aber ich habe ihn doch gesehen!", entgegnete Gaby. „Ich kann es bezeugen!"

„Lass mich erst einmal in Ruhe schlafen. Morgen gehe ich dann zu Mauch, in Ordnung?", versicherte ich meiner besorgten Freundin.

Während ich mich mühsam auf die Seite drehte und diesen Vorfall so schnell wie möglich vergessen wollte, hörte ich meine Bettnachbarinnen miteinander tuscheln. Schließlich schlief ich erschöpft ein.

Am nächsten Morgen ging es mir besser. Abgesehen von einigen blauen Flecken hatte ich keine gravierenden Verletzungen davongetragen. Auf einmal kam mir mein Vorhaben, Herrn Mauch von dem Vorfall zu berichten, übertrieben vor. Aber die Entscheidung, ob und wie Herr Gräf für sein Fehlverhalten bestraft wurde, lag in diesem Moment nicht mehr in meinen Händen.

Gaby erzählte noch am selben Abend ihrem Bruder von Gräfs Angriff auf mich. Dieser trommelte sofort seine Freunde zusammen und heckte mit ihnen einen einfachen, aber wirkungsvollen Racheplan aus.

Am nächsten Morgen fingen sie Herrn Gräf vor seinem Zimmer ab und prügelten schonungslos auf ihn ein. Obwohl Walter und seine Freunde anschließend mit harten Konsequenzen rechnen mussten, hielt sie dies nicht davon ab, mich zu rächen. In diesem Moment war ich unsagbar stolz auf die Jungs.

Mein Gang zu Direktor Mauch hatte sich damit für mich erledigt. Herr Gräf hielt sich ab diesem Zeitpunkt von mir fern.

Wie ich erst kurz vor meinem Auszug aus dem Waisenhaus erfuhr, war auch unser Direktor Mauch kein Unschuldsengel. Während seiner Dienstzeit hat er sich an mehreren Mädchen vergangen. Maria, damals 18 Jahre alt, wurde von ihm schwanger und bekam das Kind einige Monate, nachdem sie aus dem Heim entlassen wurde.

Glücklicherweise ist dieser Kelch an mir vorübergezogen. Herr Mauch hatte mich stets freundlich behandelt. Auch bekam ich von ihm nie spürbare Strafen, sondern lediglich mündliche Ermahnungen für meine Fehlverhalten. Vielleicht lag das auch daran, dass ich mich mit seinem Sohn relativ gut verstanden habe.

Im Frühjahr 1966, nach meinem 16. Geburtstag, wurden den zukünftigen Schulabgängern Lehrstellen zugeteilt. Anders als heute, mussten wir uns nicht selbst darum bemühen, eine Ausbildungsstelle zu finden, sondern erhielten diese seitens des Waisenhauses zugewiesen. Auch hier stand mir meine Mutter wieder im Weg. Sie behauptete gegenüber der Heimleitung, dass sie mich nach der Schulausbildung zu sich nehmen würde und bereits eine Lehrstelle bereitstehe. Als schließlich im Sommer meine Freunde nach und nach aus dem Waisenhaus entlassen wurden, blieb nur noch ich übrig. Meine Mutter kam nicht!

Diakon Mauch blickte mich bedauernd an, als ich ihm in seinem Büro gegenübersaß.

„Jetzt haben wir ein Problem!", begann er die Unterhaltung. „Wir dachten, deine Mutter würde dich abholen, aber wie es aussieht, ist ihr etwas dazwischengekommen."

„Ja, sicher! Wie immer!", flüsterte ich enttäuscht.

Ich war mir nicht einmal sicher, dass ich zu meiner Mutter wollte!

Als ich von ihren Plänen für mich hörte, befürchtete ich, dass sie eine Ausbildung in einem Modehaus, als Verkäuferin oder Schneiderin für mich ausgesucht habe. Meine Traumberufe waren jedoch Tierpflegerin oder Krankenschwester.

„Wir haben keinen Ausbildungsplatz für dich und können dich nicht hierbehalten. Die einzige Möglichkeit, die ich sehe, ist, dich ins Kloster zu schicken".

„Ins Kloster?", fragte ich entsetzt. Das Letzte was ich wollte, war eine Nonne zu werden.

„Es ist ein Krankenhaus mit angeschlossenem Kloster. Dort kannst du eine Ausbildung zur Hauswirtschafterin machen", beruhigte Mauch mich.

„Aber ich würde viel lieber Tierpflegerin oder Krankenschwester werden!", warf ich ihm enttäuscht entgegen.

„In den Zoo können wir dich mit 16 Jahren noch nicht schicken. Du brauchst noch eine Aufsichtsperson bis du volljährig bist. Und für eine Ausbildung zur Krankenschwester reicht deine Schulbildung leider nicht. Wenn du aber die Hauswirtschaftslehre nach zwei Jahren beendet hast, kannst du anschließend deinen Wunschberuf erlernen", erzählte er aufmunternd.

So begann ich schließlich meinen nächsten Lebensabschnitt. Im St.-Josephs-Krankenhaus in Dahn bei Pirmasens.

16

Es war ein großes Krankenhaus mit einigen Nebengebäuden, in welchen die Nonnen und Lehrlinge untergebracht waren. Mir wurde ein eigenes Zimmer zugeteilt. Es war klein, besaß ein Bett, einen Schrank sowie ein Waschbecken. Soweit ich mich erinnern kann, war dies die erste Nacht, in welcher ich ganz alleine in einem Zimmer schlief. In der Vergangenheit hatte ich immer Menschen um mich. Meine Pflegemutter, meine Oma, meine Freundinnen. Hier war ich plötzlich ganz alleine.

Das Kloster beherbergte dreißig Nonnen und einige Novizinnen, welche nach ihrem siebten Jahr im Kloster endlich ihr ersehntes Ziel erreichten: Sie heirateten Jesus und wurden Nonne.

Anfangs war ich in der Küche eingeteilt, was bedeutete, für dreihundert Patienten sowie das Personal zu kochen. Ich hantierte mit Töpfen so groß, dass sie mich an die Zeit bei meiner Oma erinnerten. Die Behälter, in welchen ich als kleines Kind gebadet wurde, sahen diesen Kochtöpfen verdammt ähnlich.

Da ich zur Hauswirtschafterin ausgebildet wurde, bedeutete dies, dass ich nicht nur für die Küche, sondern auch für die Reinigung im Krankenhaus zuständig war. Ich musste OP-Säle putzen, was anfangs ein Schock für mich war. Da lagen überall blutige Tupfer, verklebte Instrumente oder manchmal ganze Pfützen Blut am Boden. Jedoch meisterte ich auch diese Aufgaben ohne mich zu beschweren. Ich wusste, dass ich mit jedem Tag meinem Wunschberuf, Krankenschwester zu werden, einen Schritt näher kam.

Die Nonnen waren ruhige Zeitgenossinnen. Lediglich eine Schwester, Bettina, trug ihr Herz auf der Zunge. Sie war verrückt nach Liebesromanen. Oft unterhielten wir uns über einen der Romane, welche wir uns gegenseitig ausliehen. Bettina war so sensibel und liebevoll, dass ich es fast als Verschwendung ansah, diese Liebe einem imaginären Ehemann zu opfern.

Einmal im Jahr war Schweigetag. Während des gesamten Tages saßen die Nonnen allesamt im Kasino, dem Raum, welcher als Essenssaal und für Besprechungen diente, und beteten schweigend zu Gott. An diesem Tag musste ich, gemeinsam mit den anderen Lehrlingen, alleine den Betrieb aufrechterhalten. Es war schwer, aber nicht unmöglich. Mit der Zeit lernte ich die Frauen in ihren schwarzen Kleidern besser kennen. Ich erkannte, dass sie sich von den Frauen außerhalb des Klosters nur in einigen Dingen unterschieden. Sie widmeten ihr Leben dem Kloster und Gott. Aber tief im Innern hatten viele von ihnen die gleichen Bedürfnisse und Wünsche wie die Frauenwelt vor den geschlossenen Toren.

Das Klosterleben verlief keineswegs immer so ruhig und gesittet, wie es der Außenwelt glaubhaft gemacht wurde. So trafen sich beispielsweise mehrere Nonnen mit ihren Liebhabern im Stall, was von uns Lehrlingen kichernd beobachtet wurde. Eine Nonne,

Schwester Beata kehrte nach mehreren Jahren dem Kloster den Rücken zu. Sie war schon fast Oberin, hatte ihr halbes Leben als Ehefrau Jesus verbracht und verliebte sich plötzlich in einen Mann aus Fleisch und Blut. Sie legte ihren Habit sowie den Schleier ab und verließ mit ihrer großen Liebe die Stadt.

Aber auch in anderen Bereichen wussten die Nonnen sich zu vergnügen, was ich nur durch Zufall herausgefunden habe.

An einem heißen Sommertag wurde ich ins Dorf geschickt, um neue Milch zu holen. Diese Arbeit war nicht sehr beliebt, da der Weg vom Kloster ins Dorf etwa dreißig Minuten bergab ging, was jedoch bedeutete, dass der Rückweg, mit den vollen Milchkannen, mindestens eine Stunde bergauf in Anspruch nahm. Mir machte der wöchentliche Ausflug nichts aus, ich lief gerne durch den Wald und besuchte den Wirt im Dorf. Vielleicht sollte ich erwähnen, dass seinerzeit die Milch im Wirtshaus abgeholt wurde. Warum? Das erklärt sich gleich von selbst.

Ich lief also, wie schon einige Wochen zuvor, mit dem Bollerwagen und einer klappernden großen Milchkanne, den Berg hinab Richtung Dahn. Der Schweiß lief mir über die Wange, was den bevorstehenden Aufstieg nicht attraktiver machte. Als ich im Wirtshaus ankam begrüßte mich der Wirt freundlich, nahm mir die leere Kanne ab, verschwand in einem Hinterzimmer und brachte eine volle Kanne zurück, die er freundlicherweise gleich auf den Bollwagen stellte. Sein Angebot, mich mit einem Schluck Wasser zu erfrischen, lehnte ich dankend ab. Obwohl ich gerne diese Botengänge übernahm, weil es mich reizte auf neue Menschen im Dorf zu treffen, spürte ich die lasziven Blicke der Männer, welche sich im Wirtshaus aufhielten, auf meinem Körper wie Nadelstiche. Da verzichtete ich lieber auf die kostenlose Erfrischung und machte mich umgehend auf den Rückweg.

Etwa nach der halben Strecke bergaufwärts blieb ich stehen. Die Sonne brannte unermüdlich auf meinen Kopf und erhitzte meinen Körper. Ich hatte das Gefühl, dass mein Mund staubtrocken war. Vielleicht sollte ich einen Schluck der Milch nehmen?

Nein! Ich hasste Milch! Das wussten die Schwestern auch, deshalb schickten sie sicher am Liebsten mich ins Dorf, weil sie sichergehen konnten, dass ich keinen Tropfen der wertvollen Fracht stehlen würde.

Langsam setzte ich meinen mühsamen Weg fort. Aber meine Gedanken kreisten nur noch um das kühle Nass in der Kanne. Irgendwann war es mir egal, ob sich in dem Behälter Milch, Wasser oder Kaffee befand. Ich hatte Durst!

Misstrauisch schaute ich mich um. Ich war alleine. Keine Menschenseele war weit und breit zu sehen. Vorsichtig öffnete ich den Deckel – und erstarrte beim Anblick des Inhalts.

In der Kanne befand sich nicht, wie vermutet, Milch, sondern Bier! Der abstoßende Geruch schlug mir hemmungslos entgegen. Ruckartig wendete ich mich ab. Obwohl mein Durst mittlerweile ungeahnte Maße angenommen hatte, brachte ich es nicht fertig, dieses Gebräu zu trinken. Das war ja noch schlimmer als Milch!

Erst nachdem ich den Deckel wieder verschlossen hatte und mich schleppend auf den Weg machte, kam mir die Erkenntnis, dass die Nonnen sich möglicherweise wöchentlich eine große Kanne Bier ins Kloster liefern ließen, um heimliche nächtliche Partys zu veranstalten. Das wohl eher nicht! Aber dem Genuss von Alkohol waren sie sicher nicht abgeneigt!

Ich behielt meine Entdeckung für mich. Nur Schwester Bettina erzählte ich es einmal, als wir uns wieder über unsere Liebesromane austauschten. Nachdem sie jedoch keineswegs überrascht erschien, behielt ich zukünftig das offene Geheimnis für mich.

Es war eine schöne Zeit im St.-Josephs-Krankenhaus. Aber auch hier hat mir das Schicksal einen Strich durch die Rechnung gemacht. Ein halbes Jahr, bevor ich meine Ausbildung beenden konnte, traf mich erneut die Rache eines Mannes und zerstörte mir meine geplante Zukunft.

17

Im Kloster gab es einen Hausmeister. Er war alt, hatte eine Halbglatze und schob einen dicken Bauch vor sich her. Für mich, als siebzehnjähriges Mädchen, war er einfach nur ein weiterer Angestellter, der mich freundlich grüßte und mir hilfsbereit zur Seite stand, wenn ich ein Problem mit den Gerätschaften hatte, die in sein Aufgabengebiet fielen. Mir war bekannt, dass er gerne Röcken hinterher sah. Selbstverständlich vorzugsweise den Lehrlingen, denn bei den Nonnen gab es kleidungsbedingt nicht viel zu sehen. Solange er es dabei beließ, war es mir egal. Mit den Blicken von gierenden Männern konnte ich mittlerweile umgehen, aber unanständige Berührungen ließen mich ausrasten. So auch an diesem Mittwochnachmittag.

Ich war im Klostergarten, um Kräuter zu pflücken. Einige Meter entfernt standen zwei Nonnen, die ihre Rosenstöcke zurechtschnitten.

„Hallo", hörte ich plötzlich eine tiefe Stimme hinter mir.

Ruckartig drehte ich mich um. Erwartungsvoll grinste mich der Hausmeister an.

„Hallo! Sie haben mich erschreckt!", gab ich erleichtert zu.

„Sag mal Monika, hast du Lust, dass wir uns einmal privat treffen?", platzte er überraschend heraus.

Mit großen Augen starrte ich ihn an. „Was?"

„Du weißt schon ...", kam seine lächelnde Anspielung.

„Ich glaube nicht!", erwiderte ich, während ich mich von ihm wegdrehte. Fassungslos widmete ich mich wieder meinen Kräutern.

Im nächsten Moment spürte ich seine Hand an meinem Po. Völlig ungeniert griff er mir unter den Rock und tastete sich in Richtung Intimbereich. Nach einer Schrecksekunde, in welcher ich bewegungslos vor ihm stand, reagierte mein Körper endlich auf meine Abwehr.

Blitzschnell drehte ich mich um und schlug ihm mit der flachen Hand ins Gesicht.

„Sie Schwein!", schrie ich lauthals, so dass sich die beiden anwesenden Nonnen zu uns umdrehten.

Offenbar hatte der Hausmeister meine Reaktion nicht erwartet, denn er stand mit rotem Kopf vor mir.

„Fassen Sie mich nie wieder an!", brüllte ich ihm aufgebracht entgegen.

Völlig verwirrt machte er auf dem Absatz kehrt und stürmte zurück ins Gebäude.

Atemlos ließ ich mich auf den Boden sinken. War meine Reaktion zu heftig? Hätte ich ihm nicht freundlicher Einhalt gebieten können? Ja, das hätte ich - aber warum sollte ich?

Als ich am Abend meinem Peiniger über den Weg lief, wandte er sich mit gesenktem Blick ab. Somit war die Angelegenheit für mich auch erledigt. Schnell vergaß ich den Vorfall und wendete mich wieder meinem gewohnten Alltag zu.

Dass die Sache für ihn keineswegs erledigt war, ahnte ich zu diesem Zeitpunkt noch nicht.

Ein halbes Jahr vor meinem Abschluss ging ich mit Anita, einem weiteren Lehrmädchen, auf die Kirmes in Pirmasens. Nachdem wir die verschiedenen Buden und Karusselle bestaunt hatten, landeten wir beim Autoscooter. (Offensichtlich übten diese runden Fahrzeuge eine Anziehungskraft auf mich aus). Wie viele andere Jugendliche, standen wir am Rand des mit lauter Musik begleiteten Fahrgeschäftes und begutachteten die männlichen Fahrer. Mein Blick fiel auf einen blonden jungen Mann, der lässig in seinem Wagen saß. Auch Anita bemerkte den Jungen, der langsam auf uns zusteuerte.

„Hallo! Willst du mitfahren?", rief er mir lächelnd entgegen.

„Klar! Gerne!", antwortete ich spontan und hüpfte zu ihm in den Scooter.

Während wir unsere Runden drehten, betrachtete ich ihn von der Seite. Seine blonden Haare passten perfekt zu seinen strahlend blauen Augen. Wenn er grinste, bildeten sich zwei süße Grübchen auf seinen Wangen. Mich hatte es schlagartig erwischt! Seine Worte lösten in mir ein Kribbeln im Bauch aus, während seine zufälligen Berührungen einem Stromschlag gleichkamen.

Als die Fahrzeuge anhielten, stand ich auf, um auszusteigen. Ruckartig hielt er mich zurück.

„Willst du schon gehen? Hast du keine Lust mehr?", fragte er mit besorgtem Unterton.

„Doch, aber ... ich dachte ... du wolltest vielleicht mit einem anderen Mädchen weiterfahren", erklärte ich unsicher.

„Sehe ich so aus?"

„Was? Äh ...", stotterte ich los.

„Ich möchte nicht mit einem anderen Mädchen fahren, sondern mit dir!", erklärte er lächelnd.

Geschmeichelt ließ ich mich zurück in den Sitz fallen, als schon erneut das laute Hupen ertönte, welches die nächste Runde ankündigte.

Als wir an Anita vorbeifuhren, erkannte ich ihren traurigen Blick. Mir war bewusst, dass sie sich erhoffte, ebenfalls von dem blonden Jüngling auf eine Runde eingeladen zu werden. Diese Hoffnung wurde jedoch deutlich zerschlagen. Ulrich ließ mich nicht mehr aus seinen Fängen.

Später am Abend, als Anita bereits zurück ins Kloster gefahren war, legte Ulrich seinen Arm um meine Schultern. Kurze Zeit später bekam ich den ersten Kuss von ihm. Er war mit keiner meiner bisherigen Erfahrungen vergleichbar.

Ab diesem Tag trafen wir uns regelmäßig. Ulrich war bereits 24 Jahre alt und hatte ein eigenes Auto. Er brachte mir das Fahren bei, was nicht immer ungefährlich war. Oft stahl er sich auch zu mir ins Kloster. Wir spielten dann im Keller Tischtennis oder lagen auf den Matratzen und knutschten. Mehr passierte jedoch auch mit Ulrich nicht. Ich ließ ihn bis zu einem bestimmten Grad an mich heran, aber nicht weiter.

Genau diese verbotenen Treffen mit meinem Freund im Keller wurden mir sodann zum Verhängnis.

Es war ein Montagvormittag, als Schwester Beata, ein Jahr bevor sie das Kloster wegen ihrer großen Liebe verließ, mich zu sich rief. Streng blickte sie mich an.
„Monika, was hast du getan?", wollte sie ohne Umschweife wissen.
Verständnislos schaute ich sie an. „Nichts! Was meinen Sie?"

„Du warst im Keller – mit deinem Freund!", stellte sie fest.

„Ja, aber …"

„Du hast mit ihm geschlafen!", warf sie mir entsetzt entgegen.

„Nein! Ich …"

„Du weißt, dass es schon verboten ist, dass ein junger Mann sich ins Kloster schleicht, aber dass du auch noch mit ihm …", brach sie entsetzt ab.

„Das habe ich nicht! Woher wollen Sie das überhaupt wissen?", forderte ich sie zur Auskunft auf.

„Der Hausmeister hat euch gesehen!"

„Der Hausmeister?", stieß ich ungläubig aus. Plötzlich erschien die Situation vor ein paar Wochen im Klostergarten vor meinem inneren Auge. Konnte es sein, dass der alte Mann von meiner Ohrfeige so gekränkt war, dass er mir jetzt dieses Vergehen anlasten wollte?

„Es gibt auch noch andere Beweise", ergänzte Schwester Beata ihre Ausführungen.

„Beweise? Welche Beweise denn?"

„Auf der Matratze im Keller sind Blutflecken!", sagte sie leicht beschämt.

Mir blieb jegliches Wort im Hals stecken. Mit großen Augen starrte ich die Oberschwester an. Das konnte nicht sein!

„Du hast eine halbe Stunde Zeit deine Sachen zu packen. Du kommst in ein anderes Heim", erklärte sie mir streng.

„Aber … was ist mit meiner Ausbildung?", fragte ich zaghaft.

„Das klären wir, wenn du beim Arzt warst!", antwortete die Vorgesetzte.

„Beim Arzt?", brachte ich ängstlich hervor. Im nächsten Moment deutete Schwester Beata mir an, dass ich mich entfernen solle, um meine Sachen zu packen.

Ich konnte einfach nicht glauben, dass die ungerechten Anschuldigungen des bösartigen Hausmeisters mein Leben so derart ins Schwanken bringen konnten. Ich wollte unbedingt meine Ausbildung zu Ende bringen. Ich hatte ein Ziel vor mir und wurde von diesem augenblicklich um Kilometer zurückgeworfen.

Eine Sozialarbeiterin, Frau Edith Erdmann, holte mich mit ihrem Wagen ab und brachte mich in das berüchtigte Monika Heim. Welch eine Ironie, dass dieses Heim zufällig meinen Namen trug.

18

Edith Erdmann war eine lebenslustige, warmherzige Frau. Ich sehe es heute als Wink des Schicksals an, dass ich all das Unrecht erleiden musste, um ihr zu begegnen. Wäre meine Jugend weniger schwierig verlaufen, wäre Edith niemals in mein Leben getreten.

Das Monika Heim war zwar ein schönes Gebäude mit moderner Einrichtung, aber die Bewohnerinnen kamen aus der untersten Schicht der Bevölkerung. Bereits am ersten Tag erfuhr ich, dass viele der Mädchen als Prostituierte gearbeitet und Drogen genommen haben. Meine Zimmernachbarin hielt mir bereits nach einer Stunde einen Dildo unter die Nase und bot mir an, ihn jederzeit benutzen zu können. Ich war in einem Albtraum gefangen. Obwohl auch ich schon viel Leid in meiner Kindheit erfahren habe, blieb ich mir immer treu und bewahrte mir meine Unschuld. Zu sehen, wie leichtfertig diese

Mädchen ihre Jugend und damit ihre Unbeschwertheit wegwarfen, ließ mich erschaudern.

Am nächsten Tag holte Edith mich ab, um mit mir zum Gesundheitsamt zu fahren. Dort wurde ich einem Gynäkologen vorgestellt, der meinen Fehltritt im Kloster schriftlich festhalten sollte.
Vor dem Untersuchungsraum saßen Edith und ich still nebeneinander.
„Hast du Angst?", fragte die Sozialarbeiterin plötzlich vorsichtig.
„Nein!"
„Das ist gut!"
„Ich habe nicht mit Ulrich geschlafen. Ich bin noch Jungfrau!", erzählte ich leise, ohne zu wissen, warum es mir so wichtig war, dass Edith dies erfuhr.
Liebevoll schaute sie mich an. „Ich glaube dir!", antwortete sie ruhig.
„Sie glauben mir? Aber trotzdem muss ich mich untersuchen lassen?", fragte ich unschuldig.

„Meine Aussage reicht leider nicht aus, um deine Unschuld zu beweisen. Das muss ein Arzt feststellen!", erklärte sie mir deutlich.

Die Tür ging auf und ich wurde aufgerufen. Als ich das Untersuchungszimmer betrat, blieb ich ruckartig auf der Türschwelle stehen. Der Untersuchungsstuhl wirkte angsteinflößend auf mich. Die hohe Lehne mit den zwei langen Halterungen an den Seiten verwirrte mich.

„Zieh dich bitte aus und setze dich auf den Stuhl", forderte der Arzt mich freundlich auf.

Edith wartete im Sprechzimmer auf mich.

Nachdem ich meine Unterwäsche entfernt hatte, rutschte ich vorsichtig auf den Stuhl. Die zwei Halterungen sahen aus, als müsse man dort seine Ellbogen reinlegen. Also stützte ich mich dementsprechend auf und wartete auf den Doktor. Als dieser den Raum erneut betrat, schmunzelte er sichtlich. Vielleicht glaubte er, ich würde scherzen, in Wirklichkeit wusste ich tatsächlich nicht, wie dieser Stuhl benutzt wurde.

Lächelnd erklärte mir der Arzt, wie ich mich richtig auf den Untersuchungsstuhl setzen sollte.

Es war mir sichtlich unangenehm, vor einem Mann mittleren Alters mit gespreizten Beinen zu sitzen, während er auf meinen Intimbereich starrte. Die Panik ergriff völlig unerwartet Besitz von mir.

„Ganz ruhig!", beruhigte mich der Gynäkologe. „Es tut nicht weh!"

Vorsichtig berührte er meinen Intimbereich, leuchtete mit einer Lampe hinein und war im nächsten Moment mit seiner Untersuchung fertig.

„Du kannst dich wieder anziehen", erklärte er geschäftsmäßig.

Das war es schon? Er hat mich kaum berührt!

Während ich in meine Hose schlüpfte, hörte ich, wie der Arzt in den angrenzenden Raum ging.

„Was wollen Sie denn mit dem Mädchen? Es ist doch alles in Ordnung!", erklärte er ruhig.

Für mich war es keine Überraschung – ich wusste, dass ich noch Jungfrau war. Auch Edith sah sich keiner vollkommenen Neuigkeit ausgesetzt. Sie hat mir ja bereits vorher schon geglaubt.

Am nächsten Tag wurde ich wieder aus dem Monika Heim entlassen. Edith hatte mir eine Lehrstelle als Krankenschwester im Diakonissen Krankenhaus besorgt.

Dort wohnte ich im Schwesternheim und konnte zum ersten Mal in meinem Leben unbeobachtet und unkontrolliert meine Freizeit gestalten. Ich lernte in dieser Zeit viele junge Männer kennen, mit welchen ich ausging und zärtliche Küsse tauschte. Den letzten Schritt ging ich jedoch mit keinem von ihnen.
Bis eines Tages der Richtige kam. Günther, ein junger Mann, blond mit blauen Augen (was wohl meinem Typ entsprach). Er war sehr attraktiv und mindestens ebenso einfühlsam und liebevoll. Wir waren ein Jahr zusammen, bis ich endlich mehr zuließ und mit ihm schlief.

In dieser Zeit tauchte auch meine Mutter wieder in meinem Leben auf. Sie besuchte mich gelegentlich und lernte so auch Günther kennen. Dass Sie erneut der Grund dafür war, dass ich einen Monat vor meiner Abschlussprüfung die

Ausbildung abbrach, passte in das mir bekannte Bild meiner Mutter.

Günther war meine große Liebe. Ich wollte mit ihm zusammenziehen, ihn heiraten und eine Familie mit ihm gründen. Als ich jedoch eines Tages am Abend meine Mutter besuchen wollte und die Tür aufsperrte (sie gab mir ihren Wohnungsschlüssel), traute ich meinen Augen nicht.

Meine Mutter lag mit Günther zusammen im Bett, in eindeutiger Stellung!

Dieses Gefühl, das mich in diesem Moment traf, welches meinen gesamten Körper vereinnahmte und sich zu einem gewaltigen Sturm des Hasses entwickelte, löste nur noch einen Wunsch in mir aus: Flucht!

Ich packte meine Sachen und verließ, per Anhalter, die Stadt. Mein Weg führte mich nach München, wo weitere Schicksalsschläge auf mich warteten. Aber das ist eine eigene Geschichte.

EPILOG

Meine Kindheit und Jugend hat mich geformt. Sie hat gute wie auch schlechte Seiten in mir hervorgerufen, die mich zu dem gemacht haben, was ich heute bin. Entgegen einiger Annahmen, bin ich weder verkorkst noch beziehungsunfähig. Ich bin verheiratet und lebe mit meinem Mann noch immer in München. Auch nach meiner Jugendzeit hat das Schicksal keine Langeweile für mich vorgesehen. Jedes Mal, wenn ich dachte, jetzt hast du das ruhige Leben, das du dir wünschst, schlug das Unerwartete mit voller Wucht zu. Aber ich trauere dem Versäumten nicht nach. Ich habe gelernt, aus dem, was das Leben einem schenkt, das Beste zu machen. Und nach diesem Motto lebe ich noch heute: Genieße jeden Tag, als wäre es dein Letzter!

ENDE